회귀로 초월하는 대마도사

DECA MEDIA

회귀로 초월하는 대마도사 2

초판 1쇄 2025년 12월 24일

지은이 한빛누리 · **발행인** 김정수 · **고문** 이종주
발행처 데카미디어 · **출판등록** 2025년 4월 17일
주소 서울시 영등포구 당산로 214 · **E-mail** tradejjang0@gmail.com
유통 · 판매 관리 (주)행운사 · **Tel** (031)901-1137 · **FAX** (031)901-4140
E-mail luckybogo222@naver.com · luckybogo222@daum.net

ISBN 979-11-7513-094-4 (2권)
ISBN 979-11-7513-092-0 04810 (세트)

한빛누리 판타지 장편소설 2
회귀로 초월하는
대마도사

차 례

1장 • 7
2장 • 47
3장 • 91
4장 • 135
5장 • 179
6장 • 209
7장 • 253
8장 • 307

1장

회귀 전, 난 마법으로 일신의 경지에 도달해 있었다.

게다가 단순히 마법의 경지만 높은 존재도 아니었다.

어딘가 중대한 하자가 있는 용사를 보조하기 위해서는 생각보다 많은 능력이 필요했다.

그 결과, 난 다른 기술에 있어서도 꽤 높은 경지에 올랐다.

그중 하나가 바로.

"아티팩트 제작이지."

[넌 참 질리지도 않고 새로운 것을 보여 주는구나.]

세트는 팔짱을 낀 채, 흥미로운 눈으로 재료를 보았다.

무결점 마나석과 갖가지 종류의 세공 도구.

무결점 마나석도 막대한 가치를 지니고 있지만, 그걸 세공할 도구 역시 꽤 비싸다.

[아티팩트라고는 해도 정확히 뭘 만들 셈이니? 뭐, 이 정

도 재료면 만들 수 있는 거야 차고 넘치겠다만…….]

"스태프."

[……스태프?]

슬쩍 날 쳐다보던 세트가 고개를 갸웃거렸다.

[마나를 증폭시켜 주는 그 스태프를 말하는 거니?]

"어, 맞아."

[그러기에는 재료가 부족한데? 마나석을 붙잡아 줄 매개체가 없잖니. 당장 이 정도 마나석의 출력을 감당할 몸통이라면 못해도 신성력을 100년은 품은 나무여야 할 텐데…….]

사실이다.

상등품을 만들려면 재료 간의 균형도 맞아야 하는 법.

"아, 물론 당장 스태프를 만들겠다는 건 아니야. 하지만 일단 준비 정도는 할 수 있으니까. 게다가……."

난 무결점 마나석을 쳐다봤다.

"스태프의 원천인 마나석은 정제해서 보주로 바꿔도, 그 자체가 강력한 아티팩트거든."

[호오…….]

세트가 흥미롭다는 눈으로 날 쳐다보며 말했다.

[즉, 이 자리에서 마나석을 세공해서 보주로 만들겠다는 거구나? 스태프를 만들기 전까지 임시방편으로 써먹으려고.]

"그렇지."

[하지만 이 정도의 마나석이 정제되어 '보주'로 탄생하면, 감당할 나무가 많지 않을 텐데?]

"알아."

못해도 100년의 성력을 품은 나무가 되어야 한다.

당연히 구하기도 쉽지 않고.

[그리 쉽게 구해지는 거면 성목이라 불리지도 않는단다. 애초에 성목이라 칭하는 최소치가 정령수 아니니.]

"그렇지. 그 정령수도 보통 어지간한 대영지 하나가 각 잡고 관리할 정도로 귀하고."

스태프의 종류는 크게 다섯으로 나뉜다.

그중에서도, 현재 세계에 단 셋밖에 없는 최고의 스태프는 이렇게 칭해진다.

신비(神祕)급 스태프.

그 셋 중 하나를 우리 아버지가 보유하고 있지만, 애초에 그 정도의 격을 지닌 스태프는 소유자만을 위한 물건이다.

즉, 만들지 않는 이상 내가 쓰고 싶다 하여 쓸 수 있는 게 아니라는 뜻.

그 정도로 귀하기에 들어가는 기술과 재료의 가치 또한 상상을 초월하기 마련이다.

하지만.

"괜찮아. 성목에 관한 것도 어떻게 구할지는 생각해 뒀으니까. 그것도 시간문제야."

[정말 자신감이 대단하구나.]

"딱히 너하고 아예 연관이 없는 것도 아니거든?"

내 말에 세트가 눈을 동그랗게 떴다.

[그게 무슨 소리니?]

"내가 구하려는 성목, 아마 너와 연관이 있을 테니까."

[……음?]

"세계수의 가지."

[……!]

내 말에 세트가 눈을 동그랗게 떴다.

설마하니, 내 입에서 그 말이 나올 줄 몰랐다는 듯.

[내, 내가 세계수를 알고 있다는 건 어떻게 안 거니?]

"그 정도야 교양 수준이지."

어처구니가 없다는 듯한 표정으로 날 보는 세트.

대충 넘기고는 말을 이었다.

"어쨌건 그 전까지 썩혀 두기도 아까우니, 먼저 정제해 두겠다는 소리다. 나한테는 그렇게 어려운 작업도 아니고."

[흐음…….]

세트는 내 손에 들린 마나석을 보며 말했다.

[널 딱히 폄하하려는 의도는 없지만, 그 정도의 마나석을 정제한다는 건…… 좀, 결코 쉬운 일은 아니란다?]

"괜찮아."

세공 도구를 잡으며 말했다.

“나한테는 쉽거든.”

마나석을 정제하는 일은 결코 쉬운 일이 아니다.

중, 하급 정도라면 상관없다.

하지만 그 이상을 가게 되면 실패했을 시의 후폭풍은 기하급수적으로 늘어나기 마련.

그게 무결점까지 가면…….

‘영지 하나는 쓸려 나가겠지.’

뭐, 실패할 일은 없지만.

회귀 전, 질릴 정도로 시도했던 게 마나석 정제 아닌가.

이건 확률 싸움이 아니라 그냥 확신이었다. 내가 실패할 리가 없다는 확신.

까득, 까드득.

천천히 온 신경을 집중해서 마나석의 표면을 깎아내고, 내부의 핵에 다가간다.

하나하나. 세밀하게.

조금이라도 엇나가는 순간, 돌이킬 수 없게 된다.

내부에 존재하는 수백, 수천의 마나 회로를 피하며 내게 맞게 정제하는 건 쉬운 일이 아니다.

[허, 그걸 다 피해?]

"눈 감고도 할 수 있어."

회귀 전, 개판이 된 세계에서는 이런 무리한 일도 100퍼센트 확정적으로 성공하지 않으면, 살아남을 수 없었으니까.

[그 많은 마나 회로를 다 피하고 작업하는 건, 보통 손재주로 가능한 게 아닌데…….]

"뭐, 그렇지."

이래 봬도 속은 산전수전 다 겪은 대마도사가 아니던가.

"추가로 상시 발동하는 주문도 새기고, 마나 허용량은…… 딱히 제한을 둘 필요도 없겠고."

갖가지 작업이 빠르게 진행됐다. 일반적인 경우라면 못해도 몇 주는 소요될 작업.

하지만 처음부터 어떤 식으로 만들지, 또 어떤 식으로 어디에 새겨 둬야 할지.

난 전부 알고 있다.

중요한 건, 단순히 마나석을 정제하는 게 아니다.

이게 오로지 나에게만 반응하도록 만드는 것.

그게 신비급의 스태프를 만들기 위해서 필요한 핵심이다.

골자를 다시 세우고.

그 자체로 무결점인 마나석을 내게 맞게끔 뒤튼다.

단 한 번이라도 걸리는 순간 모든 것이 수포로 돌아갈 게 뻔했지만.

그 한 번을 허용하지 않으면 된다.

시간이 흘렀다.

[슬슬 달이 뜨는구나.]

세트가 무어라 말하기는 했지만 대답할 틈은 없었다.

그 대답할 여력조차 전부 여기에 쏟아부어야만 했으니.

그리고 바깥의 하늘이 완전히 별로 가득 찼을 즈음…….

'완료.'

첫 번째 단계가 끝났다.

옛날 생각이 나는군.

처음으로 신비급의 스태프를 만들겠다고 달려들었던 때.

경험도, 뭣도 부족했던 과거.

……꽤 많이 날려 먹었지.

그다음 두 번째 단계.

우웅.

내 마나를 마나석에 흘려 넣어 동화시키기 시작한다.

덜그럭거리며 마나에 반응한 마나석이 떨리기 시작했다.

"〈특수 각인〉, 〈마나 제어〉, 〈증폭〉, 〈마법 추가〉……."

짧은 사이에 갖가지 조치가 마나석에 취해졌다.

[아니, 뭔 놈의 마나석 정제 숙련도가 이러니? 고서클 숙련자들에게서나 발견될 법한 경험이 어찌 네게서…….]

"재능, 인내."

[교과서적인 대답이구나.]

사실 그것보다 필요한 건, 어디 뭐 회귀를 한다거나 하는 어처구니없는 거긴 한데……

그런 거 말해 봤자 믿지도 않을 테고, 말할 이유도 없다.

우웅.

점차 빛이 강해졌다.

빛이 강해질수록 난 더욱 정제에 집중했다.

거의 완성된 것처럼 보이는 이 순간이 가장 중요한 순간.

긴장을 풀어서는 안 된다.

[…… 머리, 안 아프니?]

"딱히 아프진 않는데."

하지만 이제는 대화를 할 정도의 여유는 있다.

[허, 보통의 마법사라면 진즉에 과부하로 실신해도 이상하지 않을 작업 속도인데…….]

"그건 보통이라 그런 거고."

그 사이 정제 작업의 두 번째 단계도 끝이 났다.

어느새, 밤이 지나고 새벽.

[꽤 오래 걸리는구나.]

"당연하지."

마나석 정제만 해도 이 정도.

훗날 최종 목적인 신비급의 스태프를 만드는 데는 이것과는 비교도 할 수 없는 시간과 집중력이 필요할 터.

'뭐, 그건 그때 가서 생각하면 될 일이고.'

어쨌건 이제 마지막 단계.

가장 중요한.

마나석이 정제되어 보주가 되기 위해 필요한 재료.

뚝뚝.

손가락 끝에 조금 상처를 낸 뒤, 피 몇 방울을 마나석에 흘려 넣는다.

피가 마나석 내부에 흡수되더니 천천히 퍼지기 시작했다.

우웅.

보주가 반응하며 색이 바뀌기 시작했다.

소유자의 마나 성질에 맞게 성질이 개편되고 있다는 증거.

그걸 본 세트가 감탄하며 말했다.

[정말 성공했네? 솔직히 말도 안 되는데. 너 정말 하프블러드 같은 거 아니니?]

"아니라니까."

설령 최초의 가주가 인간이 아니었다고 해도, 그 피가 희석되다 못해 사라질 정도의 대가 이어졌지 않은가.

다른 게 남아 있을 리가.

그리고 나온 보주의 색은.

[……음?]

세트가 고개를 갸웃거렸다.

[색이 안 보이는구나. 보통은 이럴 때 특정한 색이 보여야 네 성질을 알 수 있을 텐데.]

"아, 난 그런 건 없어."

각 마법사마다 '성질'을 타고난다는 건 유명한 이야기.

어느 누군가는 불꽃 계통의 마법에 뛰어나고, 또 어느 누군가는 정신 계열에 뛰어나다.

저마다 잘 하는 계통이 있다는 게 일반적인 이야기.

하지만.

"난 다르거든."

내가 훗날 세계 유일의 9서클의 대마도사로서 활약할 수 있었던 이유.

단적으로 말하자면 재능 덕분이다. 그리고 이 마나 성질 또한 그 재능의 일부였고.

[다르다면……?]

"난 모든 마법에 적성을 지니고 있다는 소리지."

[……뭐?]

세트가 눈을 부릅떴다.

[아니, 뭔, 그따위로 불합리한 재능이 있는데?!]

"어쨌건 그 때문에 딱히 색상이 정해지진 않는다. 대신…… 〈파이어 볼트〉."

난 완성된 보주를 손에 쥔 채, 1서클의 마법을 영창했다.

우웅.

그 순간, 보주가 붉은빛을 발했다.

"……이런 식으로, 그때그때 내가 사용한 계통으로 빛이

들어오는 거지.”

[이런 미친…….]

무슨 괴물이라도 보는 표정으로 세트가 날 쳐다봤다.

[역시 단순히 우연으로 내게 온 게 아니라는 소리인가.]

“글쎄다.”

굳이 말하자면, 난 운명의 인도라던가 그런 거창한 이유로 그녀 앞에 선 게 아니지만.

오히려 그렇게 따지면, 오히려 난 선택받은 쪽이 아니라고 할 수도 있을 것이고.

“어쨌건 완성됐군.”

난 완성된 보주를 들었다.

완성된 보주는 꽤 크기가 줄어들어 있었다. 본래 손바닥 정도의 크기였다면, 지금은 엄지 정도의 크기.

당연하지만, 익숙하다.

회귀 전, 거의 한 몸이나 다름없이 애용했던 것과 모양새는 거의 비슷하게 만들었으니.

“어디…… 〈파이어 랜스〉.”

4서클의 마법.

주문을 영창한 순간, 곧바로 다른 점을 깨달을 수 있었다.

마나 소비가 눈에 띌 정도로 줄어들었다.

게다가 보주 자체의 원조로…….

“마나 출력 자체도 강해졌고.”

그럼 어디 한번 최대 출력이나 시험해 보도록 할까.

우선, 한 5서클 정도.

파이어 필드(Fire field) 정도면 시험하기 적당하겠지.

때마침…….

"근처에 불태울 것도 있고."

뒷산에 꿈틀대는 몬스터의 기척을 느끼며 몸을 일으켰다.

다음 날, 백작 가문을 떠나기 전에 리안이 내게 말했다.

"야, 그거 들었냐."

"뭔데."

리안이 긴장된 표정으로 슬쩍 주변을 둘러보더니 말했다.

"밤에 있었던 일인데, 뒷산에 있던 오크 부락지가 완전히 초토화가 됐다더라."

"아, 그러냐."

"안 그래도 골치 썩고 있던 몬스터 부락이 초토화가 된 건 나쁘지 않은데, 원인이 문제란 말이지? 안 그래도 원인을 알아본다고 아버지가 아침부터 머리를 싸매고 계시던데……."

난 녀석의 말에 대수롭지 않게 대답했다.

"뭐, 그럴 수도 있지."

"뭐야, 왜 이렇게 반응이 미지근해? 꼭 예상했다는 듯……

아니, 잠깐!"

녀석이 눈을 가늘게 뜨며 물었다.

"……혹시 너냐?"

"너희 영지 오크 쩔더라."

간단명료한 내 대답에 리안이 이마를 짚었다.

"돌겠네, 진짜."

신성교국, 중앙 성전.

일자로 끝없이 나열된 새하얀 기둥 사이에는 새빨간 카펫이 끝까지 이어져 있었다.

그 사이를 한 노인이 걷고 있었다.

정갈한 예복.

어깨에는 교국의 대주교임을 상징하는 문양이 새겨져 있다.

그는 복도의 끝에 도착해서야 멈춰 서서는 고개를 숙였다.

"성하."

그 말에 천천히, 중앙에 있는 신상에 기도하고 있던 남자가 몸을 일으켰다.

그는 순백의 옷에 빛나는 관을 쓰고 있었다.

교국 내에서도 가장 존귀한 존재임을 나타내는 관.

교황, 그레고리오스.

그는 고요한 눈으로 노인을 쳐다보며 물었다.

"무슨 일입니까, 나룬 대주교."

"지난번에 있었던 예언 말입니다. 일단 말씀대로 공고를 내기는 했습니다만……."

카산드라의 예언.

어느 누구도 믿지 않으나, 그럼에도 어째서인지 마냥 무시할 수는 없는 기묘한 예언.

교국은 얼마 전, 그 예언을 대표할 '용사'를 뽑고자 했다.

하나.

"잘 되지 않던가요?"

"예, 아무도 주의 깊게 듣는 것 같지는 않았습니다."

"……어쩔 수 없지요. 좋지 않은 전례가 있으니 말입니다."

한때, 교국의 말이 법이던 때가 있었다.

신의 권위가 살아 있어 제국조차 함부로 하지 못하던 시절.

교국은 예언을 칼이자 방패로 삼아 대륙을 압박했고, 자신의 뜻에 따라 휘둘렀다.

하지만 그건 오래가지 못했다.

예언은 무척 모호했고, 교국에게는 완벽하게 예언을 해석할 능력이 없었으니.

그리고 그렇게 '잘못 해석된 예언'으로 전쟁이 발생하고 피가 흘렀다.

그 이후로, 교국의 예언은 힘을 잃었다.

사람들은 더 이상 무조건적으로 교국의 해석을 신용하지 않게 되었다.

"다른 이들이 믿지 않더라도, 예언은 예언. 우선은 좀 더 지켜보도록 합시다."

"예, 그리하겠습니다."

신자로서 예언을 무시할 수는 없는 노릇.

그렇기에 대주교 또한 교황의 말에 순순히 수긍했다.

그때, 교황이 뒤늦게 생각났다는 듯 물었다.

"그보다, 카산드라 그 아이는 어떻게 되었습니까. 행방은 찾았나요?"

"그것이 아직……."

그 말에 교황은 작게 한숨을 쉬었다.

"불신(不信)의 운명을 타고난 아이라…… 특히 그 아이의 예언은 모호한 구석이 유독 많으니 어쩔 수 없는 일이지만, 씁쓸한 건 어쩔 수 없군요."

"그 누구도 믿지 않는 예언에는 큰 가치가 없으니 어쩔 수 없는 일 아니겠습니까."

설령 카산드라의 예언이 진짜라도, 사람들이 믿지 않으면 아무 소용이 없다.

아니, 오히려 그녀가 '예언'을 함으로서 예정된 미래를 믿지 않게 되는 것이라면…….

"성하, 어쩌면 이대로 그 아이를 찾지 않는 편이 서로에게 좋은 일일 수도 있습니다."

"……."

"그 누구도 믿지 않는 예언가란 의미가 없으며, 경우에 따라서는 오히려……."

"독이 될 수도 있지요. 제가 어찌 그 사실을 모르겠습니까."

교황이 쓴웃음을 흘렸다.

"하지만 글쎄요. 그럼에도 그 아이를 방치하는 것이 과연 옳은 일일지 확신이 서지 않는군요. 직감이라고 해야 할까요."

교황의 시선이 저 너머의 스테인드글라스로 향했다.

신의 아래에 악마가 있었다.

"그 아이의 예언을 마냥 무시해서는 안 될 것 같습니다."

"그렇다면 성하의 뜻이 옳은 것입니다. 성하의 그런 직감은 신께서 주신 것……."

대주교는 정중히 말을 이었다.

"제가 그것을 믿지 않으면 무엇을 믿겠습니까."

"그렇다면……."

그 말에 교황은 눈을 감았다.

"좀 더, 기다려 보지요."

설령 지금까지 어느 누구도 믿지 않은 예언이라도, 응할 이가 한 명 정도는 있을 수 있지 않겠는가.

그래, 한 명 정도는.

'부디, 신께서 답하시길.'

교황은 그렇게 생각하며 눈을 질끈 감았다.

"……예언이요?"

정확한 설명을 듣자마자, 에일렌이 어처구니가 없다는 표정으로 날 쳐다봤다.

"어, 맞아. 지금 그거 때문에 가는 거야."

"아니, 그런 예언을 믿는다고요? 심지어 교국 본진도 아니고 제국 신전에서 여는 걸, 도대체 왜……?!"

"예언이니까."

"예언은 이제 신용도가 엄청 낮지 않아요? 설령 예언이 사실이라도 해석하기가 너무 어렵다던데."

에일렌은 고개를 갸웃거렸다.

"뭐, 그건 사실이지."

현 교황은 제대로 된 인물이다.

하지만 안타깝게도 선대의 경우는 그렇지 못했으니…….

예언을 멋대로 다룬 결과, 대륙 전역을 뒤덮은 전쟁이

벌어졌고 수많은 피가 흘렀다.

「예언 전쟁」.

잘못된 예언 해석 하나 때문에 나온 게 바로 그 삽질이다.

"그런데 해석이 잘못된 거지, 딱히 예언 자체가 문제였냐 하면 또 그건 아니었잖아?"

"그, 그건 그런데……."

에일렌이 머리를 긁적였다.

"일단 이번 예언은 전형적인 교국의 삽질 패턴이라는 게 가장 유력하긴 하잖아요."

"옙, 맞습니다. 그것만큼은 공녀님의 말이 맞지요."

슬쩍 집사가 끼어들었다.

"교국이 어디 삽질을 한 게 한두 번입니까. 진짜 그놈의 예언 전쟁은 생각만 해도……."

"응? 집사. 예언 전쟁은 꽤 오래전이잖아. 마치 경험한 것처럼 말하는데."

"그 전쟁, 아슬아슬하게 제가 어릴 때 터졌습니다. 일단 기억은 있다 이 말이지요."

뭐, 일단 그렇다고 치자.

어쨌건 에일렌이고 리안이고 듣자마자 회의적인 반응을 보이는 것도 어찌 보면 당연했다.

이 시점에서 '용사'란 그다지 가치가 있는 직위가 아니다.

명예직인데, 그 명예도 그리 대단치 못하다.

그렇다고 다른 이점이 있는 것도 아니고.

용사라고 해도 때려잡을 악마가 있어야 의미가 있지 않은가.

현 시점에서 나온 건 해석도 불분명한 '예언' 뿐. 징조도 전혀 보이지 않는 상황.

오히려 믿는 쪽이 이상하다.

"그래도 이점은 있지. 교국과의 선은 만들 수 있으니."

"……의미가 있나요, 그거?"

"있어."

가까운 미래에 그렇게 된다.

덤으로 '용사'라는 자리도 지금처럼 가볍게 입에 담을 게 아니게 될 것이고.

'게다가, 수도에는 얻을 게 많단 말이지.'

괜히 제국의 수도가 아닌지라, 온갖 사건들이 터진다.

그만큼 이용할 수 있는 것들도 많고. 그때, 내 어깨에 앉아 있던 세트가 냉소했다.

[현 인류는 아둔하구나. 예언이 모호할 수는 있어도, 결코 무시할 것은 못 되는데.]

'그러게 말이야.'

과거의 나까지 포함해서.

뭐, 하지만 어쩌겠는가.

그런 아둔한 것들이 얽히고 얽혀 지금의 상황이 만들어

진 것을.

“그런데 뭐, 신전에 도착해서 선정이 된다고 하면, 정말 용사 일이라도 할 생각이냐.”

“그래야겠지.”

“하.”

내 말에 리안이 피식 웃었다.

“다른 가문도 아니고 발푸르기스의 후계자가 용사라니. 신전도 어처구니가 없겠어.”

“생각해 보니 그러네요. 다른 곳도 아니고 그 발푸르기스의 후계자가…… 후작님께서는 알고 계시는 건가요?”

“아니, 모르는데.”

난 간단하게 대답했다.

하하, 그런 걸 말할 리가 없지 않은가. 그 사람 성격에 알았다면 이렇게 날 보내지 않았겠지.

“다리 작살날 일 있나. 알았으면 여기까지 오지도 못했겠지.”

“……그, 그러면?”

“아직도 내가 파슬로프 백작가문에서 장기 체류를 하는 줄 알고 계시겠지.”

“…….”

우리들 사이에 잠시 침묵이 감돌았다.

그때, 집사가 처절한 목소리로 소리쳤다.

"아니, 그걸 말해 주셨어야죠! 전 어쩌라고요!"

"아, 뭐, 어때. 알아서 잘 흘러가겠지. 집사도 좀 가볍게 생각해 봐, 가볍게. 사람이 좀 개방적일 때도 있어야지."

"개방적이고 뭐고, 제 삶이 끝나잖습니까, 제 삶이!"

"괜찮아, 나 집사 믿어."

"그런 걸 믿지 말라고, 좀!"

난 눈을 하얗게 뒤집으며 입에 거품을 무는 집사를 흐뭇하게 쳐다봤다.

이렇게 보니 옛 생각이 나는 것이 참으로 만족스럽다.

"어쨌건, 수도로 가면 전부 해결할 수 있을 거다."

"그 '무법의 심판자'는……."

"접선할 방법이 있으니, 크게 신경은 안 써도 돼."

그녀에 대한 건, 높은 확률로 내 일과 엮이게 될 테지만 그것까지 말할 필욘 없겠지.

'남은 건 카산드라.'

그녀에 대한 행방만큼은 확실히 찾기가 쉽지 않다.

제아무리 미래에 대한 정보가 있어도 그녀는 나온 이야기가 아예 없다시피 했으니…….

불신의 예언가.

카산드라.

거짓 예언이라는 악명에 걸맞지 않게 마지막까지 주목받지 못한 채 사라진 소녀.

그녀는 어떤 잘못도 하지 않았다.

잘못이 있다면, 누구도 자신의 말을 믿지 않을 것을 알면서도 예언을 했다는 것.

'간청했었지.'

자신의 말을 믿어 달라고.

하지만 회귀 전, 어느 누구도 그녀의 말을 새겨듣지 않았다.

그래서 그런 것일까.

첫 번째 모집 당시, 용사는 선정되지 않았다.

교국의 부름에 응한 것은 이때가 기회다 싶어 모여든 어중이떠중이들뿐.

어느 누구도 용사의 재목이라 할 수 없었다.

'실질적으로 용사가 선정된 건, 마신이 강림한 후였지.'

뒤늦게 카산드라의 예언이 사실임을 깨달은 제국과 신성교국이 다급히 움직였지만, 이미 때는 늦어 있었다.

급조된 용사와 그 보좌들.

첫 단계부터 삐걱거린 조합이 제대로 굴러갈 리가 있나.

생각해 보면, 우리는 이미 거기서부터 지고 들어갔던 셈이다.

그때, 집사가 슬쩍 내 쪽으로 다가오더니 말했다.

"그건 그렇고, 도련님. 저번에 부탁하신 것 말입니다만."

"그래, 알아봤어?"

"예. 예언가, 카산드라. 신성교국에서 꽤 사람을 풀어서 행방을 수소문하고 있더군요."

"신성교국도 못 찾았다?"

"예, 현재로선 그렇습니다. 갑자기 모습을 감춘 이유도 딱히 알려져 있지 않고…… 다만, 목격 정보가 있기는 합니다."

"말해 봐."

내 말에 집사가 말을 이었다.

"신성교국의 국경에서 어느 기사와 함께 목격됐다는 말이 있습니다. 정확히 어디로 향한다는 말은 없었습니다만."

"기사라……."

예언가와 함께 하는 기사라고 하면 성기사일 터.

하지만 성기사가 신성교국의 눈까지 피해 가며 움직일 이유가 있던가?

'교국의 뜻을 거스르는 성기사라…… 그것도 묘한데.'

어지간한 사건은 전부 기억하고 있는 나조차 카산드라에 대한 것만은 완전하지 않다.

그걸 바꿔 말하면, 어쩌면 그녀에 대한 것이 중요한 단서일 수도 있다는 뜻.

"아, 그러고 보니……."

그때, 집사가 말했다.

"예언이라고 하기는 뭣하지만, 모습을 감추기 전에 그녀가 지나가듯 한마디를 남겼다는군요."

"지나가듯?"

"예, 그러니까……."

집사가 천천히 말을 이었다.

"그 당시에는 별 의미가 없다고 생각해 그냥 넘겼다고 합니다."

"무슨 말이길래?"

"기다리고 있겠다, 라고 했다고 합니다."

수도에 도착하는 데는 그리 오래 걸리지 않았다.

"빌어먹을. 난 정말 마법이 싫어."

텔레포트 전송만 몇 번을 거친 리안이 새파랗게 질린 얼굴로 말했다.

"발도 있고, 말도 있고, 마차도 있는데 도대체 왜 마법같이 불분명한 힘을 빌려야 하냔 말이야. 진짜 속이 뒤집히네."

"이게 빠르니까."

무척 간단한 이유지.

어쨌건, 도착하자마자 화려한 면면이 눈을 가득 채웠다.

리안은 입을 벌린 채, 신기하다는 듯 그것들을 쳐다봤다.

"캬, 수도가 대단하긴 해. 다른 어중간한 도시하고는 급이 다르다니까?"

"그런가요?"

에일렌이 고개를 갸웃거렸다.

"좀 더 화려하긴 해도, 딱히 대단하단 느낌은 없는데."

"뭐, 그렇긴 하지."

수도가 제국에서 손꼽히는 대도시인 것은 분명 사실이다.

실제로 린델 공작령이나 우리 후작령보다도 더욱 화려하고 진보된 것이 사실이고.

하지만 적응이라는 게 무섭다.

이미 나나 에일렌은 어지간한 규모의 대도시에는 익숙해져 있는 것이다.

"……퉤, 더러운 부르주아들 같으니라고."

리안은 툴툴대며 어깨를 축 늘어뜨린 채 주변을 둘러봤다.

"우리 영지도 나쁜 편은 아닌데. 시발, 양 옆에 있는 인간들이 죄다 공작, 후작 가문이니."

"뭘 그리 새삼스레."

난 대충 대답하고는 중앙신전 쪽으로 향했다.

멀쩡한 수도를 보며 감회에 사로잡혔다.

반파된 이곳을 보며 망연자실했던 때가 거짓말인 것처럼 느껴질 정도.

'확실히 돌아왔군.'

멀쩡한 제국의 심장을 쳐다보며, 다시 한번 그 사실을

깨닫는다.
그렇게 중앙 신전으로 향하려 발을 내디뎠을 때였다.
[미하일, 잠시 멈추고 저쪽을 보는 게 어떻겠니?]
"……음?"
갑작스런 세트의 말에 난 잠시 걸음을 멈추고는 그녀가 가리킨 쪽을 쳐다봤다.
"지금, 뭐라고 했나! 감히 볼품없는 계집 따위가……!"
후드를 깊게 눌러쓴 누군가와 중년인이 서 있었다.
체구가 자그마한 것으로 보아 내 또래의 소녀로 보였다.
그런데 그때.
"……음?"
위화감이 느껴졌다.
이상한 것은 아니지만, 뭔가 묘한…….
그때, 소녀가 입을 열었다.
후드 사이로 신비한 빛깔의 눈동자가 빛났다.
"말씀드렸어요. 이대로라면 큰일을 당하실지도 모른다고요."
그 순간, 직감했다.
다리가 먼저 움직였다.
"네년이 뭐라고 내게……!"
"예, 아무것도 아니죠."
그리고 세트가 말했다.

[저 아이…… 꽤 기묘한 신력이 느껴져.]

그녀가 다음에 뭐라 말할지 알 것 같았다.

"설마."

[그래, 저 아이, 예언가야.]

내 또래의 예언가.

예언가 자체도 결코 많은 수가 아니지만, 그중에서도 이 시기에 내 또래의 예언가라면 한 명밖에는 없다.

불신의 예언가, 카산드라.

"……무슨 개소리를!"

그 순간이었다.

스윽.

은밀한 일격이 빠르게 그녀와 시비가 붙은 남자를 노렸다.

"쯧, 〈실드〉."

까앙!

아슬아슬하게 그 일격을 튕겨 냈다.

눈앞에서 검이 튕겨져 나간 것을 본 남자가 식겁하며 뒷걸음질을 쳤다.

"히, 히이익……?!"

"제국 수도 한복판에서 검을 휘두르다니 제정신인가?"

난 퉁명스레 카산드라의 앞을 막아선 기사에게 말했다.

갑옷은 성기사라는 걸 모를 정도로 평범했으나, 신성력이 희미하게 느껴졌다.

'저게 그 성기사인가.'

카산드라를 따라 나왔다는 자.

정확히 정체가 무엇인지는 알 수 없었지만, 방금 일격이 결코 만만하지 않다는 사실은 확실히 깨달았다.

방금 그 일격을 막는 데 3서클 분의 마나가 빠져나갔다.

보주를 이용해 최대한 효율을 갖췄음에도 그 정도.

'……저쪽은 전력을 다한 것 같지도 않은데 말이지.'

이 정도의 성기사라면 꽤 알려졌을 법도 하다.

투구로 얼굴을 가리고 있어 당장 확인하기는 쉽지가 않았지만.

뭐, 어쨌건.

"검 넣어. 괜히 일 크게 만들고 싶지 않으면."

"……제가 왜 그래야 하죠? 카사를 먼저 공격하려 했던 건 저쪽입니다만."

"베면 어쩌려고. 그다음에 평생 동안 범죄자로 살 셈인가? 정신 차려. 여긴 제국 수도야."

"……."

내 말에 성기사가 날 조용히 노려봤다.

투구 사이로 수틀리면 바로 날 베겠다는 듯 살벌하게 눈을 번뜩이고 있었다.

'어째 익숙한데.'

저렇게 생각 없이 미친개처럼 멋대로 달려드는 공격성.

뭔가 모르게 익숙하다.

분명 비슷한 놈을 알고 있었던 것 같기도 하고……

"그만두세요, 아레인 경."

"……카사."

"괜찮아요. 전부 제가 설명할 수 있으니 너무 그렇게 과민 반응 하지 않으셔도 돼요."

그 말에 성기사는 조용히 고개를 숙이고는 물러섰다.

그녀의 시선이 내 쪽으로 향했다.

칠흑과도 같은 흑발에 황금빛의 눈동자.

이렇게 보니 확신할 수 있었다.

그래, 이 소녀는 분명 내가 찾고 있던 예언가가 맞다.

그때, 그녀가 치마 끝을 잡으며 예의를 갖춰 내게 인사를 건넸다.

"처음 뵙겠습니다."

"초면인가?"

"일단은 그리 봐도 좋겠지요."

전혀 놀라지 않은 표정.

'설마, 이미 본 건가?'

내가 미래에서 돌아온 후, 바뀐 것은 적지 않다.

당장 이 상황마저 본래라면 생기지 않았을 일.

그런데 예상했다는 건…….

'흥미롭군.'

어쩌면 '예언'이라는 건 변화한 미래마저 보여 준다는 건가.

그때였다.

"좀 그 정신 나간 소개는 그만하고 정신들 좀 차리지?"

갑자기 끼어든 리안이 말했다.

"주변을 둘러봐. 지금 다 우리만 보고 있다고."

"음."

슬쩍 주변을 둘러보니 확실히 리안의 말대로다.

다만, 시비가 붙은 상대 쪽이 은근슬쩍 뒷걸음질을 치는 것이 영 수상했다.

"〈홀드〉."

"……?!"

남자는 어정쩡한 자세 그대로 굳어서는 바닥에 쓰러졌다.

"리안. 저거 품속 뒤져 봐라."

리안은 영문을 모르겠다는 표정으로 남자의 품속을 뒤졌다.

그리고 잠시 후.

"응? 이건……."

리안은 남자의 몸에서 고급스런 재질의 주머니를 꺼냈다.

"뭐, 뭐, 뭐 하는 거야! 왜 멋대로 남의 품속을 뒤지는데?!"

"뭘 하기는. 훔친 물건 주인 찾아 주려는 거지. 뭐, 별 게 없으면 아무 말 안 할 텐데……."

난 리안에게서 받은 주머니를 남자의 앞에 흔들며 말했다.

"……있네?"

"그, 그건 내 거요!"

"허, 사제로 보이지는 않는데, 교국 소속만이 지니고 있다는 징표를 가지고 있다고?"

"……뭐?"

내 말에 남자가 식은땀을 흘리며 카산드라 쪽을 노려봤다.

난 오히려 뻔뻔하게 나오는 그를 보며 피식 웃었다.

"되도 않는 개수작 부리지 말고. 괜히 버텨 봤자 불리한 건 네 쪽이니까."

"이, 이, 네가 뭐라고……!"

뭐라 더 말하기 전, 난 그대로 놈의 얼굴을 틀어쥐었다.

"좀 머리가 있으면 생각을 해 봐, 병신아."

"……?!"

난 녀석을 보며 낮은 목소리로 말했다.

"이미 다 들켰는데 버틸수록 불리한 건 어느 쪽일까. 어디 끝까지 가 봐?"

"……?!"

내 말에 눈을 굴리며 고민을 하는 소매치기.

하지만 이내, 간신히 생각을 정리한 건지 내게 물었다.
"보, 보내 주겠다는 거요?"
"대신 한 가지 조건이 있어."
난 소매치기의 목덜미 쪽에 보이는 문양을 툭툭 두드리며 그에게 말했다.
"시궁쥐에게 전해. 발푸르기스가 널 찾는다고. 놈이라면 어련히 알아먹겠지."
"바, 발푸르……!"
"그만."
"……?!"
마법으로 소매치기의 입을 막으며, 난 아무 일도 없었다는 듯 일어났다.
"자, 끝났습니다! 서로 간의 오해로 벌어진 일이니, 괜히들 관심 갖지 마시고!"
그 사이, 소매치기는 새파랗게 질린 얼굴로 뒷걸음질을 치더니 이내 완전히 사라졌다.
그러자 몰려 있던 주변 행인들도 하나둘 떠나갔다.
그리고 주변이 조용해졌을 즈음.
"초면인가?"
내 말에 그녀가 쓴웃음을 지었다.
"……반쯤은 그러네요."

우리는 곧바로 자리를 옮겼다.

여전히 보는 사람들이 적지 않았기 때문에, 좀 더 한적한 곳에서 이야기를 나누는 편이 좋을 거라 판단한 것이다.

"일단, 네 거."

"감사합니다. 설마, 다 보고 계셨던 건가요?"

"그건 아닌데."

거기까지는 보지 못한 건가.

"당신하고 대치하는 놈 분위기가 익숙해서 끼어든 것뿐이야."

"으, 음……."

뭐, 카산드라에게서 주머니를 슬쩍했는데, 오히려 그녀 쪽에서 놈을 붙잡으니 역으로 강하게 나갔던 거겠지.

꽤 흔한 수법이다.

"어쨌건 고맙습니다. 음, 방금 저분의 운명을 막지 못한 건 아쉽지만 어쩔 수 없죠."

"어차피 믿지도 않았을 걸?"

"그것도 맞네요."

웃으며 소녀가 내게 고개를 숙였다.

"어쨌건 감사드립니다."

그녀는 날 쳐다보며, 느긋한 목소리로 내게 물었다.

"저에 대한 거…… 소개할 필요가 있을까요?"

"카사!"

그때, 성기사가 다급하게 그녀의 말을 막았지만, 그녀는 쓴웃음과 함께 고개를 저었다.

"괜찮아, 다 봤던 거니까."

"……!"

그 말에 성기사는 어깨를 떨더니 이내 뒤로 물러났다.

"도대체 이거, 뭔 상황이야?"

"저도 좀 당황스러운데요."

리안과 에일렌 역시도 영문을 모르겠다는 표정으로 나와 소녀를 번갈아 보고 있었다.

그때였다.

"……예언가군요."

집사가 끼어들었다.

평소의 가벼운 분위기와는 정반대의, 어딘가 매서운 분위기.

뒷짐을 진채 그는 소녀와 성기사를 번갈아 쳐다봤다.

"교국의 분들이십니까? 아니, 그것과는 조금 다른 분위기로 보입니다만……."

"뱀 같은 늙은이가 알 필요는 없는 정보다."

"허허, 마도 가문을 모시는 집사에게 뱀 같다는 말은 전혀 흠이 되지 못하지요. 그보다, 제 질문에 답해 주시겠습니까?"

그 말에 성기사가 허리춤에 찬 검에 손을 가져갔다. 당장 뽑아도 이상하지 않다는 듯.

그렇게 묘한 대치 상태가 이어졌을 즈음이었다.

"맞아요."

그때까지 가만히 있던 소녀가 앞으로 나섰다.

"노인 분의 말씀대로, 전 예언가예요. 교국과는 이제 별다른 관계가 아니지만요."

그녀는 이어 자신의 이름을 밝혔다.

"전, 카산드라라고 해요."

역시.

그녀가 그 카산드라였나.

그리고 그녀는 내 쪽을 쳐다보며 말했다.

"그리고 당신을 기다리고 있었어요, 미하일 발푸르기스."

"……!"

이건 예상 못했는데.

"……뭐라고?"

찍찍.

어둠 속에서 꿈틀대던 무언가가 눈을 빛내며 물었다.

"발푸르기스가 나를 찾아? 아니, 그 콧대 높은 가문이 뭣 때문에 날 찾는 건데."

"그, 그건 저도 잘……."

소매치기 남자는 어깨를 파들파들 떨며 대답했다.

눈앞에 있는 자 앞에서 잠시라도 정신을 놓았다가는 그날로 끝장이다.

이 넓은 제국 수도의 암흑가.

그 암흑가의 동쪽 구역을 지배하는 괴물, 시궁쥐.

"허, 어린 발푸르기스라…… 분명 발푸르기스의 어린 것은 꽤 가망이 없다 들었는데, 놈이 그렇게 나왔다고?"

얇은 수염을 매만지며, '시궁쥐'는 낄낄대며 웃었다.

'씨발, 씨발, 씨발……!'

소매치기 남자는 마구 몸을 떨며 어떻게든 평정을 유지하기 위해 애를 썼다.

"죄, 죄송합니다!"

그는 머리로 바닥을 찧으며 필사적으로 소리쳤다.

"어, 어떻게든 그 주머니를 손에 넣으려고 했습니다만, 하필이면 그놈 때문에……!"

"호오, 실패한 이유가 발푸르기스의 애새끼 때문이다?"

"그, 그렇습니다!"

실제로 남자는 그렇다고 생각하고 있었다.

그 어린 것이 아니었다면, 쉽게 빠져나올 수 있었으리라.

"그래, 그 계집을 호위하는 성기사는 어떻게 할 수 있었고?"

"……?!"

"내가 그런 것도 알지 못했을까. 병신 같은 놈. 그 애새끼가 안 끼어들었으면 넌 그 자리에서 뒤졌어."

시궁쥐가 자리에서 일어서서는 천천히 남자에게 다가갔다.

"그렇게 앞뒤 분간도 못하고 실패해서 온 주제에, 뭐? 그 애새끼만 아니었으면 성공할 수 있었다고?"

"으, 으으……."

남자는 비명을 지르면서도, 도저히 움직일 수 없었다.

도저히 정체를 알 수 없는 기운이 자신을 옭아매고 있었으니.

어째서일까.

마지막 순간.

- 말씀드렸어요. 이대로라면 큰일을 당하실지도 모른다고요.

그 소녀의 '경고'가 떠올랐다.

그때는 자신을 붙잡기 위한 헛소리라 생각했었지만…….

'설마.'

목 끝까지 차오른 죽음의 공포에 남자는 눈을 질끈 감았다.

"제, 제발 자비를……."

"먹어 치워."

- 키긱!

그리고 그 말이 끝나자마자, 그림자들이 움직이며 미친 듯이 남자를 갈갈 찢기 시작했다.

"사, 살려…… 케, 케엑?!"

남자는 버둥거리며 어떻게든 살아남으려 했으나, 소용없는 일이었다.

한순간에 남자가 있던 자리에 남은 것은 새하얀 백골뿐.

"병신 같은 놈."

한심한 눈으로 그 자리를 돌아보던 그는 이내 화를 삭이며 자리에 털썩 주저앉았다.

"꼬이는데……."

본래의 계획은 간단했다.

주머니를 미끼로 그 계집을 끌어들이는 것.

그 계집이 예언가라는 사실도 알고 있었고, 나름 교국에서도 나쁜 취급을 받지 않는다는 사실도 알았다.

당연히.

이용 가치가 충분하다는 사실도 알고 있었고.

"그런데, 발푸르기스……?"

까득.

치밀어 오르는 짜증에 이를 갈았다.

도대체 그 정신 나간 마도 가문은 왜 갑자기 끼어든단 말인가.

'어떻게 한다?'

'시궁쥐'라는 말까지 꺼냈다는 건, 발푸르기스의 애송이가 자신에 대한 걸 알고 있다는 것.

'이대로라면 곤란한데…….'

그렇게 한참을 고민하던 중, 누군가가 말을 걸어왔다.

"어떻게 됐지?"

"아, 당신이 있었지."

시궁쥐가 낄낄대며 웃었다.

"내가 잠깐, 옆에 위대한 소드 마스터가 있다는 걸 잊고 있었네. 아이고, 미안해라!"

"수작 부리지 말고 말해라."

날카로운 검 끝이 시궁쥐의 목 끝에 겨눠졌다.

시궁쥐는 히죽 웃으며 그를 쳐다봤다.

상대는 철로 된 가면으로 얼굴을 가리고 있었다.

"내가 죽으면 영영 못 찾을 텐데?"

"너 말고도 정보를 의뢰할 자들은 충분히 많아."

"아니, 아니. 정보에 대해서는 나보다 더 대단한 놈을 찾기 힘들지. 그래서 온 거 아닌가?"

시궁쥐가 히죽 웃었다.

"마침 좋은 생각이 났어. 이봐, 소드 마스터 나리. 이번 일을 해결해 주면 나리가 원하는 정보, 확실하게 줄게."

"……."

그녀는 대답하지 않았지만, 시궁쥐는 재차 말을 이었다.

"아까 들었지? 발푸르기스가 개입한 모양이거든."

"……그래서?"

"도와줘."

추악하기 짝이 없는 미소로 그가 말했다.

"방금 내가 좋은 사업을 하나 떠올렸거든."

2장

"날 기다리고 있었다?"

내 말에 카산드라는 고개를 끄덕이며 말했다.

"예, 이쯤에 이곳으로 오실 줄 알았기에……."

그녀의 예언이 진짜라는 건 안다. 그렇다는 건, 지금 이 만남 역시 그녀가 예지했다는 것.

"흐음."

난 카산드라와 성기사를 번갈아 보았다. 전부 회귀 전에는 접점이 없었던 이들이다.

'성기사 쪽은 아직 모르지만, 카산드라는 확실하지.'

특히 그녀는 회귀 전, 정보라고 할 만한 게 거의 없었다.

어떤 최후를 맞았는지.

아니, 그 전에 죽은 건 맞는지도 모른다. 확실한 게 하나도 없으니.

"허, 예언가?"

리안이 흥미롭다는 눈으로 카산드라 쪽을 살폈다.

성기사는 마음에 들지 않는다는 표정으로 녀석을 노려봤지만 그 이상의 행동은 없었다.

"예언가면 교국 내에서도 귀하게 취급받는 존재일 텐데, 그런 분이 왜 이 녀석을……."

"그건……."

"그쪽은 딱히 중요한 이야기가 아니니 넘어가자고."

난 대충 넘겼다.

아무래도 이야기가 더 나와 봤자 내게 좋을 것 같지도 않았고.

내 대답에 카산드라가 잠시 숨을 고르더니 말했다.

"감사합니다. 미하일 님."

"날 알고 있나?"

"예, 발푸르기스를 모르는 사람은 없으니까요."

"하긴 그건 그렇군."

그렇게 말하면 또 할 말이 없기는 하지. 우리 가문은 모르는 이가 없을 만큼 유명한 것은 사실이었으니.

그때, 그녀가 말했다.

"……미하일 님과 잠시 대화를 나누고 싶습니다만."

"대화라……."

"다른 분들께는 죄송하지만, 미하일 님께만 드릴 수 있는 말인지라…….”

난 슬쩍 리안과 에일렌 쪽을 쳐다봤다. 둘은 상관없다는 듯 가라며 고개를 끄덕였다.

“뭐, 신전이야 알아서 찾아가서 먼저 준비하면 되는 거고. 볼일 보고 와.”

“저도 신전에 가 있을게요.”

이번에는 집사 쪽을 쳐다봤다.

“집사는 어때?”

“뭐, 다녀오시지요.”

하지만 어째선지 집사는 처음의 날 선 태도와는 다르게 그리 반대하는 기색은 아니었다.

“도련님이 뭐, 제가 하지 말라고 안 할 사람도 아니고.”

“그건 그렇지.”

내 말에 집사의 이마에 잠시 힘줄이 돋았지만, 대충 모르는 척 넘겼다.

“아, 그리고 에일렌.”

“예?”

“위험할 때 하나만 기억해라.”

생각보다 저쪽에서 빠르게 들어온다면, ‘그녀’가 에일렌 쪽으로 접근할 수도 있으니.

“「카리아만」.”

“카리…… 아만이요?”

"그래, 그것만 기억해 둬. 그걸 말하면 죽지는 않을 테니."

"아, 아니. 주, 죽어요?! 잠깐, 그게 뭔……?!"

"자, 그럼 말은 했고."

"아, 아니, 야! 제대로 말은 하고 가야지, 뭔 소린데?!"

"난 전했다."

그러곤 손을 내저으며 녀석들에게서 멀어졌다.

"어디로 가시나요?"

"나한테만 하고 싶은 말이 있다며. 그럼 당연히 한적한 장소로 가야지."

옛 기억을 떠올리며 말했다.

"그런 곳, 하나 알고 있거든."

회귀 전, 마신이 제국을 무너뜨리고 수도를 파괴했을 당시, 그중에서도 비교적 멀쩡한 장소가 하나 있었다.

내가 대화할 곳으로 꼽은 '한적한 장소'가 바로 그곳이었다.

마침 그리 멀지도 않았고.

"여기는……."

"시빌라의 무덤이라고 아나?"

"알지요. 최초의 예언자이자 첫 번째 예언의 희생자. 그분의 묘지라면, 확실히 한적한 장소기는 하네요."

"그렇지. 제국 건국 설화에는 희생의 예언자라고 알려졌던가? 딱히 그쪽은 깊게 파 본 적이 없어서 자세히는 모른다만."

내가 알고 있는 건, 여기가 사람들 사이에서 무척 꺼려지는 장소라는 것.

그 이유는 간단했다.

이곳에 '예언자'의 무덤이기 때문이었다.

사람들은 예언자의 존재를 두려워했고 꺼려했으니.

그러다 보니, 자연스레 그 누구의 발길도 닿지 않게 되었고 버려지게 됐다.

딱히 금지도 아닌데 말이지.

"이곳으로 온 다른 목적이 있는 건 아니겠지?"

성기사가 날카로운 눈으로 날 노려보며 말했다.

"여기에 뭐가 있다고? 아니, 그 전에 교국과 연관이 있을 당신들에게 내가 왜 위해를 끼치겠어. 당신들이 교국과 뭔가 문제가 있다면 모를까."

"……!"

내 말에 성기사가 어깨를 움찔거렸다. 난 모르는 척, 계속 말을 이었다.

"뭐, 됐어. 말 안 해도 돼. 그렇게 자세한 사정까지 궁금한 건 아니니까. 적어도, 지금은."

"……."

"물론, 그렇다고 그렇게 대놓고 감정을 드러내는 게 좋은 습관이라는 말은 못하겠다만."

"맞아요, 헬렌."

카산드라는 쓴웃음을 지으며 성기사에게 말했다.

"저분은 저희들에게 있어 적이 될 수 없어요."

"카사, 혹시 그것도 네 예지 능력으로 본 거야?"

카산드라는 조용히 고개를 끄덕였다.

"그렇다면 어쩔 수 없지."

그 말에 헬렌이라 불린 성기사는 이내 기세를 거뒀다.

그러고는 고개를 숙였다.

"……미안하다."

"아니, 괜찮아. 이해 못할 건 아니니까. 그보다……."

카산드라를 보며 말을 이었다.

"이제 무슨 목적으로 날 찾아온 건지 말해 주겠어?"

"그건……."

그녀는 잠시 머뭇거렸다.

방금 전까지의 자신감 넘치는 태도는 어느새 사라져 있었다.

어딘가 두려워하는 것 같기도 했고, 어떻게 보면 좀 간절한 것 같기도 했다.

"한 가지, 묻고 싶은 게 있기 때문이에요."

"질문이라…… 말해 봐."

"예."

그녀는 고개를 들고는 조심스레 내게 물었다.

"혹시, 당신도 예언의 축복을 받은 적이 있나요?"

'제발.'

카산드라는 두 손을 꽉 쥔 채, 미하일의 대답을 기다렸다.

지금까지 그녀는 스스로를 지키기 위해서라도, 약한 모습을 보여서는 안 되었다.

하나 이번에는.

이번만큼은 어쩔 수 없었다.

동류.

지금까지 그녀는 자신과 같은 존재를 본 적이 없었다.

자신과 같이, 늘 지옥과 마주한 존재를 보지 못했다.

이건 그녀만의 불행이었다.

그 누구와도 공유할 수 없는 지옥을 짊어진다는 건, 생각 이상으로 고통스러운 일.

그렇기에 바랐다.

자신과 같은 이가 한 명 정도는 더 있기를.

자신을 이해해 줄 수 있는 이가 한 명이라도 있기를.

그리고 지금, 그 '가능성'이 눈앞에 있었다.

……그래.

동류를 바라는 것이 죄는 아니지 않은가.

불신의 예언가로서, 그녀는 어릴 적부터 미래의 일들을 단편적으로 보고는 했다.

안타깝게도, 예언은 그녀가 통제할 수 있는 것이 아니었다.

일종의 본능과도 같은 행위.

그녀의 의사와는 상관없이 갑자기 환상처럼 지나간다.

어떨 때는 친구의 죽음을 봤다. 또 어떤 때는 아무 일 없이 가던 마차가 전복되는 것을 보기도 했고.

중요한 건, 그녀가 봤던 '환상' 중 긍정적인 광경은 그다지 없었다는 것이다.

그녀의 의사와는 상관없이 그런 걸 보는 것은 결코 유쾌한 일이 아니었다.

그래서 한 번은 바꾸려 한 적이 있었다.

소중한 친구의 죽음이 보였고, 자신이 본 환상을 이용해 어떻게든 그 상황을 막아 보려 했던 것이다.

하지만 그 결과는 참담했다.

잠깐 지나간 '환상'으로 확인할 수 있는 정보는 한정적이었고 그녀는 어렸다.

죽음을 막기는커녕.

바로 눈앞에서, 그 끔찍한 광경을 다시 봐야만 했다.

그리고 그 뒤로 몇 번.

그녀는 발버둥을 쳐 봤지만, 결과는 항상 같았다.

바꿀 수 있는 것은 없었고.

그 누구도 그녀의 말을 주의 깊게 듣지 않았다.

- 소용없어.

언제부턴가 그렇게 체념하며, 모든 것을 포기했다.

마신의 강림과 세계의 멸망.

그 광경을 보았을 때도 같았다.

그녀는 마지막이라는 생각으로 필사적으로 대주교와 교황에게 간청했지만, 그녀의 예언은 진지하게 받아들여지지 않았다.

늘 같았다.

당연히 이번에도 그러겠지.

그렇게 체념하며 모든 것을 포기하려는 순간.

예정된 파멸이 흐려졌다.

그 대신 한 남자와의 만남이 그녀의 시야를 가득 채웠다.

미하일 발푸르기스.

대 마도 명가의 후계자.

예언 하나가 흐려지고, 새로운 광경이 떠오른 적은 처음이었다. 그래서 마지막으로 희망을 가지기로 했다.

어쩌면, 달라질지도 모른다고.

미하일의 입이 열렸다.
"미안하군. 난 예언자가 아니야. 그런 재능도 없고."
"아……."
간단한 대답이었지만, 그녀에게는 결코 간단하지 않았다.
'아니었구나.'
당장이라도 다리에 힘이 풀릴 뻔한 것을 애써 참았다.
그렇게 체념한 채 알았다고 말하려 했을 때였다.

"하지만 설령 예언자가 아니라도, 당신에게 도움이 될 수는 있을지도 모르겠군."
"……그게 무슨 말이죠?"
무슨 말을 하려는 걸까.
마지막 희망이 꺾인 시점에서 더 듣는 것에 무슨 소용이 있을까 싶었지만, 그녀는 자신도 모르게 귀를 기울였다.
"말 그대로의 의미야."
그리고.
"난 당신의 예언을 믿는다."
"……!"
"당신이 예언으로 내게 어떤 것을 말하건, 전적으로 신용하고 그것을 막기 위해 움직일 생각이다."
그는 담담하게 말을 이었다.
당연하다는 듯.

"그런 당신에게 검을 겨누는 자들이 있다면, 마땅히 내가 방패가 되어 주지. 예언자를 잃는 건 보통 손해가 아니니까."

"……절, 믿는다고요?"

생각지도 못한 대답에 그녀의 목소리가 떨렸다.

"어째서……? 대주교는 물론이고 교황 성하조차 제 예언을 깊게 생각하진 않으셨어요. 그런데 왜 당신이……."

"말했잖아. 믿는다고."

미하일의 눈은 진지했다.

"그게 마신의 강림이 됐건, 멸망이 됐건 말이야."

"오히려 마법사인 당신에게는 더욱 믿을 수 없는 이야기들일 텐데……."

"한 번 더 말하지만, 믿는다."

그는 다시 한번 강조했다.

"다른 것들보다도, 그것만큼은 확실히 믿고 있어."

"……!"

단언이었다.

조금의 예외도 두지 않겠다는 듯, 그는 단호하게 카산드라의 말을 긍정했다.

"……제가 당신을 속이는 걸 수도 있잖아요."

"예언자는 '예언'으로 거짓말을 하지 않지. 아니, 못한다고 해야 할까. 난 당신이 예언자라는 걸 의심할 생각이 없고.”

그런 그녀의 걱정이 같잖다는 듯, 미하일은 코웃음을 치며 말했다.

“이 정도로 부족하나?”

두 팔을 넓게 펴며, 미하일이 말을 이었다.

“난 마법사야. 온갖 것에 관심이 있지. 빌어먹을 운명을 바꿀 수 있는지, ‘예언’이 확정된 미래를 말하는 것인지…… 난 그 모든 것이 궁금하다.”

탐구욕과 지식욕.

마법사로서의 당연한 욕구를 조금도 감출 생각을 하지 않은 채, 그는 카산드라를 보았다.

“넌 그 궁금증을 증명할 수 있는 좋은 증거고.”

우습게도.

전혀, 이런 대답만큼은 예지하지 못했다.

어쩌면 동류일지도 모른다고 생각했다. 최악의 경우에는 조롱을 받을 수도 있다 여겼고.

하지만 제아무리 그런 그녀라도 이런 대답만큼은 예상하지 못했다.

그럼에도 한 가지는 알 수 있었다.

‘정말…… 믿고 있어.’

미하일은 그녀를 위로하지 않는다. 그녀가 버둥거렸던 과거가 무의미했다고도, 유의미했다고도 말하지 않는다.

그저 지금, 그녀가 이곳에 온 이유와, 앞으로 버둥거릴 이유를 긍정해 줄 뿐.

'나쁘지 않아.'

동류가 아닐지라도, 자신의 이해자를 만난 거라면 그건 또 다른 행운이라 할 수 있으리라.

게다가.

'어째선지, 마냥 멀게 느껴지지도 않아.'

직감에 불과했지만, 그녀는 미하일 역시 자신과 비슷한 지옥을 마주하고 있다 여겼다.

아니, 오히려 자신보다 더 심할지도 모른다고.

하지만 그는 꺾이지 않고, 똑바로 자신을 바라보고 있다.

"……좋습니다."

그녀 역시 똑바로 미하일을 마주 보았다.

"당신이 절 믿어 준다면."

무언가 달라질 것 같다.

"저 역시, 당신을 믿어 보지요."

"……용사요?"

'시발…….'

신전에 도착하자마자, 뭔 미친놈이라도 바라보는 표정

으로 자신을 쳐다보는 사제의 눈길을 받은 리안.

그는 얼굴을 찡그린 채, 고개를 끄덕였다.

"아, 예, 맞습니다. 그거 신청하러 왔으니까, 그냥 좀 빨리 빨리 넘기죠."

"뭐, 같이 오신 분은요?"

"미하일 발푸르기스."

"……예?"

사제가 한 번 더 미친놈이라도 보는 눈으로 그를 쳐다봤다.

아니, 시발, 제정신이세요?

대충 그런 표정.

"혹시 장난으로 오신 거면, 그래도 일단 나름 용사를 모집하는 거거든요?"

"아, 장난 아니라니까."

"아니, 장난이 아니면…… 발푸르기스라니 뭔……."

내 말이.

리안은 그 말이 목젖까지 들어차 내뱉으려는 것을 애써 참았다.

도대체 그 빌어먹을 놈은 뭘 하자고 이런 걸 자신에게 넘기고 갔는지.

"힘내세요, 리안 공자."

"힘내십쇼."

어째선지 에일렌과 집사가 뒤에서 어깨를 툭툭 두들기고 있었다.

'……시발.'

어쩌다가 이 꼴이 된 건지.

그는 한숨을 쉬고 싶은 것을 애써 참으며 명부를 작성했다.

그런데 그때였다.

"아, 어서 오세요."

한창 명부 작성을 돕던 사제가 저 너머를 쳐다보며 말했다.

"……음?"

리안이 고개를 잠시 돌려, 뒤를 쳐다봤다.

'가면……?'

개성이라고는 하나도 없는 철 가면을 쓴 여성이 서 있었다.

한 손에, 검을 쥔 채로.

철가면을 쓴 여성.

망토로 몸을 감추고 있었으나, 굴곡진 몸마저 가릴 수는 없었다.

그래, 거기까진 이해했다.

'뭐, 뭐야.'

리안은 저도 모르게 뒷걸음질을 쳤다. 어째서 그런지는 순간 리안 본인조차 알지 못했지만.

잠시 후, 뒤늦게 기억해 냈다.

아주 잠깐에 불과했지만.

'이 느낌은 설마.'

린델 공작을 마주했을 때 느꼈던 기묘한 위화감.

갈무리된 강함.

존재 자체가 자신을 내세울 필요도 없을 만큼 높아진 이들만 지닐 수 있는 기세.

오히려 고요하기 짝이 없는 것이 역으로 버티기 힘들다.

이런 존재들은 이렇게 불린다.

마스터(Master).

검의 정점에 달한 자.

그 사실을 깨달은 순간, 이마에서 흘러내리는 땀을 닦는다는 생각조차 할 수 없었다.

'침착해라.'

리안은 필사적으로 그 말을 속으로 되뇌었다.

분명 예상치 못한 상황이지만 여기서 동요하는 모습을 보여서는 안 되었다.

직감이 말하고 있다.

여기서 조금이라도 빈틈을 보이면 끝장이라고.

"저, 저기…… 형제님? 갑자기 왜 이러시는지."

뒤에 있던 사제의 목소리가 들렸을 때 즈음이었다.

그때, 조용히 그들을 응시하고 있던 철가면의 입이 열렸다.

"재미있구나. 날 알고 있더냐."

"……모릅니다."

"그런데도 검에 손을 가져다 댄 것을 보면, 본능적으로 느낀 건가. 나쁘지 않아."

한 발자국, 그녀가 앞발을 내디뎠다.

콰직.

"……크윽?!"

그것만으로 주변의 대기가 내려앉았다. 어깨를, 괴물 같은 기세가 짓누른다.

"히, 히익……?!"

"……빌어먹을."

리안은 다급하게 사제 쪽을 보호했다.

하지만 역부족이었다.

결국 사제는 기세를 버티지 못하고 그대로 거품을 문 채, 기절하고 말았다.

철가면의 여인은 아무렇지도 않다는 듯 걸어왔다.

"너희들에게 한 아이가 찾아왔다는 것을 안다."

천천히 검을 뽑았다.

에일렌 역시도 철가면의 기세를 느낀 것인지 이를 악물었다.

"한…… 아이라면……."

"예지의 힘을 지닌 아이가 있지 않았더냐. 묻겠다. 그 아이는 지금 어디에 있느냐."

그들에게 가해지는 힘은 시간이 지날수록 더욱 심해졌다.

'그 예언자를 말하는 건가.'

어쩐지 예감이 좋지 않더라니.

리안은 헛웃음을 흘렸다.

"……당신이 강하다는 건 알겠는데, 제가 말할 의무는 없는 것 같습니다만."

"네 의사는 상관없다."

쿵!

그대로 가공할 압력이 다시 한번 리안과 에일렌에게 가해졌다.

'……집사 어르신은?'

주변을 둘러봤지만, 집사는 보이지 않는다.

먼저 위험을 느끼고 피하기라도 한 것일까.

오히려 잘됐다.

그런 노인이 저런 괴물의 힘을 받아 낼 수 있을 리가 없으니.

만에 하나라도 집사가 잘못된다면 녀석을 볼 면목이 없지 않나.

그때, 에일렌이 소리쳤다.

"이곳은 신전이에요! 아무리 당신이 강하다 해도, 제국 중앙 신전에서 이런 일을 벌이는 건 지나치게 무모한 짓입니다!"

"상관없다. 제아무리 제국이라도 내 정체를 특정하긴 힘들 것이니. 설령 특정해도……."

콰직.

그 순간, 마치 무거운 것에 직격당하기라도 한 듯 바닥이 움푹 파였다.

만약 그 자리에 사람이 있었다면 한 줌의 핏물로 전락했을 정도의 일격이었다.

"못해도 린델의 목 하나는 감수해야 할 텐데, 과연 현 황제가 그리하겠느냐."

'말이 안 통해.'

말은 저렇게 하지만, 그녀도 알 것이다.

이렇게 무리하게 행동해 봤자, 그녀에게 이득은 없다는 것을.

잃을 것이 없는 암흑가라면 모를까, 저 정도의 인물이 왜 이런 손해를 감수한단 말인가!

게다가.

'굳이 가문의 이름을 입에 담았다는 건, 내가 누군지도 눈치채고 있다는 뜻.'

신전과 린델의 공녀.

그 이름값에도 위축되지 않을 정도의 존재라는 소리다.

그녀의 머리가 빠르게 돌아갔다.

미하일에게 휘둘려서 최근에는 잘 드러나지 않았지만, 그녀는 결코 우둔하지 않다.

오히려 총명한 쪽에 속했다.

"리안 공자, 혹시 저자의 정체에 대해 짐작이 가는 바가 있나요?"

"……모릅니다. 당장 저희를 어쩌려는 생각은 없는 것 같습니다만, 일단 한 가지 분명한 건 마스터라는 것 정도 군요."

'제국 소속은 아니야.'

제국은 철저하게 국내의 마스터를 관리하고 있다.

그렇다면 제국 외의, 제국의 영향을 받지 않는 존재라는 건데.

"대답할 생각은 없더냐."

"……마스터나 되시는 분이 어째서 아무 관계없는 이를 이리 겁박하시나요."

잠시, 철가면의 손끝이 멈칫거렸다.

가면 너머에서 이를 가는 소리가 잠깐 들렸다.

"……그건, 네가 상관할 바가 아니다. 린델의 아이야."

'잠시 멈칫거렸어.'

그렇다는 건, 그녀 쪽도 이 일이 충분히 불명예스럽다는 사실을 인지하고 있다는 뜻.

그 순간.

'……어?'

그녀의 머릿속을 스쳐 지나가는 생각.

꽤 공교롭지 않던가.

그 미하일이 자신에게 '스승'을 구해 준다고 여기까지 왔다.

그리고 이런 상황…….

'단순히 우연인가?'

보통이라면 단순한 우연이라 생각하고 넘겼겠지만, 그 인간이기에 그냥 넘길 수 없었다.

……솔직히 사람이 어지간히 달라졌어야지.

게다가, 헤어지기 전 그가 했던 말이 있지 않던가.

「카리아만」.

그걸 기억하라 했었다.

아무 의미 없이 그런 말을 했을 리는 없으니, 분명 무언가 관계가 있음이 분명할 터.

"말할 생각이 없다면 됐다. 굳이 악수를 두겠다면 나 역시 생각이……."

"법이 없는 땅에서 심판자를 자처하시던 분이시여."

"……!"

그 순간, 지금과는 비교도 할 수 없을 정도로 철가면의 여성이 동요했다.

어찌나 동요했는지, 한 발자국에 불과했지만 뒷걸음질을 치기까지 했다.

"잠깐, 공녀 설마……!"

"그 반응. 역시 그렇군요."

그녀의 말이 끝나기가 무섭게, 철가면의 여성에게서 이루 말할 수 없을 만큼 강렬한 기세가 폭발적으로 터져 나왔다.

"감히!"

"크, 윽……?!"

숨을 쉴 수 없다.

감히 저 기세를 거스른다는 것은 불가능하다는 생각이 들 정도 압도적이었다.

지금까지 자신들에게 가해지던 압박은 아무것도 아니라는 생각이 들 정도로.

그녀는 이를 악물었다.

그러고는 소리쳤다.

"카리…… 아만……!"

미하일에게 들었던 단어.

분명 아무 생각 없이 그걸 기억하라 했던 것은 아니리라.

그리고 그 순간.

콰득.

"카, 읔……?!"

생각지도 못한 사이에 그녀는 철가면의 여성에게 목을 틀어잡힌 채, 허공에서 버둥거렸다.

"공녀!"

리안이 다급하게 검을 뽑아서는 그녀 쪽으로 달려들려 했다.

하지만 소용없었다.

"네게 볼일은 없다."

단순히 손을 뻗은 것만으로, 리안은 무릎을 꿇고 말았다.

그쪽을 쳐다보지도 않은 채, 철가면의 여성은 에일렌 쪽을 노려봤다.

"말해라."

"아, 읔…… 무, 무슨……."

"말하란 말이다! 그 이름을 어떻게 알고 있는 거냐! 그 아이는 어디에 있나, 뭘 알고 있는 게야!"

모르겠다.

미하일이 말한 게 꽤 주효한 효과를 보였다는 것만큼은 분명했지만.

문제는…….

'전혀 해결이 안 되잖아!'

그녀는 버둥거리며, 뺀질거리는 미하일의 낯짝을 떠올렸다.

죽진 않을 거라니 뭔 말인가.

오히려 더 빨리 저승으로 직행하게 생겼는데.

'하여간, 그 인간……!'

에일렌은 암담함을 느끼며 눈을 질끈 감았다. 도대체 이름 하나 가지고 뭘 하란 건지.

그렇게 의식이 끊기려던 때.

"그만하시지요, 밀리움 경."

철가면의 여성 그 너머에서 목소리가 들려왔다.

그녀의 기억대로, 잔뜩 뺀질거리는 기색 그대로.

"그 나이 먹고, 그런 작은 아이를 겁박하는 건 존경받는 어른이 할 일이 아니지요."

미하일이 신전으로 들어왔다.

아, 이게 진짜로 걸리네.

……라는 생각을 머릿속으로 하며 신전에 들어섰다.

거기에는 에일렌의 목을 움켜쥔 채 기세를 내뿜고 있는 미래의 검제후가 있었다.

"……마스터."

함께 들어온 성기사가 경계하는 기색을 보이며 검을 들었다.

"괜히 불 지피지 말고."

난 손을 들어 그녀를 막아서고는 철가면 쪽으로 다가갔다.

"흠, 뭐, 처음 뵙겠습니다, 밀리움 경."

"넌 또 무엇이냐."

"발푸르기스라는 가문의 핏덩이입니다. 깊게 생각하실 필요는 없고, 일단 저기 공녀 목부터 좀 놓아주시겠습니까?"

"발푸르기스…… 그 영악한 후작의 핏줄인가. 내가 왜 네 말을 들어줘야 할지 모르겠구나."

"그야 그녀가 말한 단어, 제가 알려 준 거라서요."

난 어깨를 으쓱거리며 답했다.

"즉, 자세한 정보는 제가 알고 있다는 말이지요."

"……!"

"애먼 사람에게 화풀이하지 말고, 저하고 이야기합시다."

난 의도적으로 그녀를 도발했다.

그러자 그 순간.

"하."

내 말이 가소롭기 짝이 없다는 듯, 그녀가 웃기 시작했다.

"하하하하하하하!"

'좋은 징조는 아닌데.'

그리고 뚝, 웃음이 그쳤을 때.

후욱!

그녀가 들고 있던 검이 채찍처럼 휘어져 날아왔다.

[방심해서는 안 된다!]

세트가 다급하게 소리쳤다.

"알아. 〈서클 익스펜션(Circle expansion)〉."

그 순간, 내부의 서클이 맹렬하게 회전하기 시작하며 임의의 서클이 두 개 생겨났다.

6서클과 7서클.

아주 잠시지만, 7서클의 마법까지 쓸 수 있게 됐다.

한순간 통증이 느껴졌지만, 보주가 곧바로 마나의 흐름을 안정시키기 시작했다.

'5분.'

그 안에 전부 끝내야 한다.

"실드(강화)."

마법을 맺기 무섭게, 그대로 검이 날아 들어왔다.

쾅앙!

커다란 소리와 함께 한 차례 검이 튕겨졌다. 그걸 본 세트가 경악하며 소리쳤다.

[이게 무슨! 저 얇은 검에서 나올 소리가 아닌데?!]

"알아."

속이 뒤집힐 뻔한 걸 애써 참았다.

'빌어먹을. 역시 아직 마스터를 상대하는 건 무린가.'

'무법의 심판자' 밀리움 아리아란.

그녀는 마스터들 사이에서도 유독 이질적인 특성을 지닌 존재다.

회귀 전, 내가 직접 만나 보지 못한 몇 안 되는 마스터인 동시에 채찍과도 같은 검을 사용하는 이레귤러.

대부분의 마스터는 굉장히 직선적인 검을 사용하는 편이다.

회귀 전의 리안도 그랬고.

린델 공작 또한 그렇다.

하나, 아리아란은 아니다.

철저하게 사도에 가까운 검술을 휘두른다.

그렇다고 위력이 약한가?

아니, 약했다면 마스터라 불리지도 않았겠지.

훗날, 7군장을 소멸시키는 위업 또한 쌓지 못했을 것이다.

"제법…… 수가 있구나."

내가 일격을 막자 그녀는 꽤 놀란 눈으로 날 쳐다보더니 재차 검을 휘둘렀다.

채찍과도 같이 예상치 못한 상황과 궤적으로 날 향해 날아드는 공격들.

'이렇게 크게 전투가 벌어지면 수도 내부에서 알아차리지 못할 리가 없을 터.'

굳이 아까 전, 텔레포트로 이동하지 않은 것도 괜히 눈길을 끌고 싶지 않아서였다.

하지만 지금은 그런 눈치를 볼 상황이 아니다.

"〈멀티 캐스팅〉, 〈스피릿 블레이드〉, 〈그레이트 실드〉……."

재빠르게 재차 마법을 잇는다.

전부 6서클.

물론 이 마법들로도 아리아란을 어찌할 수는 없다.

잠시 움직임을 묶어 둘 수는 있겠지만, 타격을 입힐 수는 없다.

하지만 그 정도로 충분.

"이야기를 하고 싶습니다만!"

"그건 내가 널 판단한 뒤에 해도 늦지 않다!"

하여간, 이래서 검사는…….

검술은 한없이 자유로우면서 도대체 저 생각은 왜 어지간한 기사들보다도 딱딱한지.

"그건 검사의 방식이고, 전 마법사란 말입니다!"

"마법사라도, 그 행동에서 제 성질이 드러나기 마련!"

너무 생각이 구닥다리잖아!

그렇게 대화하는 중에도 검은 마치 뱀처럼 끊임없이 주변을 휘몰아치며 나를 노렸다.

"빌어먹을."

어쩔 수 없지.

굳이 그런 식으로 내가 증명하길 원한다면, 좀 무리를 하는 수밖에.

"〈쿼드 캐스팅〉, 〈헤이스트〉."

헤이스트 4중첩.

한순간에 몸에 이루 말할 수 없을 정도의 활력이 돌았다.

"〈쿼드 캐스팅〉, 〈이글 아이(Eagle eye)〉."

덤으로 동체 시력을 올려 주는 이글 아이 역시 4중첩.

오래는 못 가지만, 한순간 주변의 모든 것이 느릿하게 보였다.

"쿨럭."

몸에 과부하가 간 듯, 피가 역류하기 시작했지만 상관없다.

이 짧은 순간. 증명하면 그만.

게다가. 회귀 전, 리안에게 들었던 검제후의 검로.

그것을 기억하며 뛰어들었다.

"……?!"

한순간, 내 움직임이 바뀐 것을 느낀 그녀가 눈을 부릅떴지만 지금만큼은 내가 더 빠르다.

그리고 코앞까지 도달한 시점.

"〈매시브 그래비티〉."

"흡……?!"

아껴뒀던 7서클의 마법이 그대로 그녀에게 직격했다.

'……7서클?'

밀리움은 전혀 예상치 못한 상황에 눈을 커다랗게 떴다.

미하일이 맺은 7서클의 마법 매시브 그래비티가 그녀를 짓누르기 시작했다.

"……!"

그녀의 어깨를 미증유의 무게가 짓누르기 시작했다.

아무리 마스터인 그녀라도 7서클의 마법은 마냥 무시할 수는 없다.

게다가, 7서클 마법 치고도 꽤 숙련도가 높아 보였다.

'……확실히, 이건 예상외군.'

발푸르기스의 혈육.

그녀도 미하일에 관한 건 어느 정도 알고 있었다. 현 후작인 아이단 발푸르기스에 비해 한참 모자란 얼간이.

그래, 분명 소문은 그랬을 터.

"사술에 손을 댔더냐."

"그렇게 보이십니까?"

그녀는 고개를 저었다.

"그렇지는 않다. 하지만 그게 아니면 지금 네가 보이는 경지가 설명되지 않는구나."

그녀의 기억대로라면 발푸르기스의 후계자의 나이는 이

제 갓 스물이 되었을 터.

지금까지 그 어떤 천재도 스물의 나이에 7서클에 도달한 존재는 없다.

게다가…….

'꽤 무리를 하고 있군.'

높은 숙련도가 무색하게도 무리하는 게 눈에 보일 정도였다.

정확히 어떤 수를 쓰는지는 알 수 없었지만.

물론 7서클은 7서클이다.

미하일의 말대로 사이함 같은 건 전혀 느껴지지 않았고.

"뭐, 좋다."

하긴 무엇이 그리 중요하겠는가.

지금 그녀에게 중요한 건, 저 어린아이가 7서클을 구사한다거나 하는 게 아니다.

어째서 '그 아이'의 이름을 알고 있는가. 그리고 정말 알고 있다면 얼마나 알고 있나.

중요한 건 그것.

쿠웅!

그대로 주변이 부르르 떨리기 시작했다.

그녀는 자신을 짓누르는 중력을 간단히 거스르며 몸을 폈다.

콰직!

바닥에 기다란 금이 일고, 흙먼지가 떨어져 내린다.

미하일은 그걸 보며 작게 혀를 찼다.

"신전을 무너뜨릴 셈입니까?"

"이 정도로는 안 무너진다."

이 정도에 무너질 정도로 수도의 신전이 나약하지는 않다.

일단 이 신전을 보호하는 것은 신의 힘.

고작 이 정도에 무너질 정도로 신전이 연약하게 지어지지는 않았다.

그녀는 그대로 검을 들었다.

7서클 급의 중력이 그녀를 짓누르고 있었으나, 그조차도 이겨 내는 건 어렵지 않다.

"어디 증명해 보거라."

그 말이 끝나기가 무섭게 분위기가 급변했다.

날카로운 검처럼, 한순간에 그녀를 중심으로 강렬한 오러가 솟아올랐다.

화려하지는 않았다.

오히려 폭발적인 기세가 나온 것치고는 금세 잠잠해졌다.

하나.

"아아."

"미, 친……."

그것을 보는 에일렌과 리안의 얼굴이 새파랗게 질렸다.

"미하일, 피해요!"

"빌어먹을!"

검에 담긴 힘은 그렇지 않았다.

그녀의 검에는 강력한 기운이 새파란 불꽃을 일렁이며 타오르고 있었다.

오러. 그것을 넘어선 무언가.

"심판자여, 제정신입니까! 저 녀석은 기사조차 아닙니다! 오러 와 연관도 없는 마법사에게 도대체 무슨……!"

"시험을 자처한 건 이 아이. 네가 끼어들 일은 아니란다."

리안의 말을 간단히 받으며, 미하일을 쳐다보았다.

"하나 마지막으로 묻겠다. 여기서 그만두고, 네 뒤의 아이를 넘길 생각은 없더냐."

"없습니다. 게다가……."

미하일이 입가에 흐르는 피를 닦아내며 말했다.

"피차, 그쪽이 본론은 아니지 않습니까."

"좋다. 네 뜻이 그리하다면."

차가운 눈빛을 번뜩이며.

"어디 받아 보거라."

말이 끝나기가 무섭게, 그녀의 검이 그대로 공간을 갈랐다.

마스터는 위대하다.

그 사실만큼은 결코 부정할 생각이 없다.

특히 밀리움은 훗날 7군단장을 단신으로 소멸시킬 정도의 잠재력을 지닌 괴물.

쉬울 리가.

내가 설령 무리를 하여 7서클의 힘을 끌어다 썼다 한들, 어찌할 수 있는 존재는 아니다.

마스터는 그 정도다.

'기대에 안 차면 그대로 베겠다는 건가.'

무법의 심판자, 검제후.

어느 쪽이건 그녀다운 일이다.

애초에 '무법의 심판자'라는 이명 또한 그 단호함과 냉혹함에서 만들어진 것이고.

'여기까진 예상대로.'

이제 지금부터가 중요하다.

[저자, 고집이 세구나. 7서클 정도의 공격이면 어느 정도 납득할 줄 알았는데.]

"안타깝게도, 그렇게 융통성이 있는 사람이 아니라서."

게다가 앞으로의 일을 생각하면 나란 존재를 확실하게 납득시킬 필요가 있다.

그 순간.

'확실히, 진심이군.'

전신의 털이 쭈뼛 섰다.

내 의사와는 상관없이 본능이 여기서 도망치라 말하고 있었다.

회귀 전에 비하면 연약하기 짝이 없는 몸뚱이가 문제다.

"쯧."

난 짧게 혀를 차고는 걸어 둔 강화 마법의 힘이 완전히 꺼지기 전에 움직였다.

물론, 그보다 마스터의 일격이 더욱 빠르고 정확했다.

"미, 미하일!"

저 너머에서 리안이 식겁하며 소리치는 소리가 들렸지만, 그다지 상관은 없다.

[이걸 막으면 되겠느냐.]

"그래."

내 말이 끝나기가 무섭게, 어깨에 앉아 있던 세트가 팔을 들었다.

그 순간, 폭풍이 나를 감쌌다.

「세트의 폭풍.」

제약은 있지만, 반드시 한 번의 공격은 막아 주는 절대 방패.

그녀의 일격이 그대로 방패에 직격했다. 화려하지는 않

지만 강력했다.

그 자체로 공간을 찢고.

목표로 한 대상을 흔적도 없이 갈아 버릴 정도의 위력.

하나.

"……뭣?!"

허무할 정도로, 그 일격은 간단히 방패와 함께 산산조각이 나 사라졌다.

그 틈을 타, 방패의 잔해를 뛰어넘어 그녀 쪽으로 향했다.

코앞에서 철 가면 사이에 비친 보랏빛의 눈동자가 흔들리는 것이 보였다.

"지금, 도대체 뭘 한 게냐!"

"그건 모르겠고."

현재, 7서클의 마법 〈매시브 그래비티〉는 여전히 그녀를 짓누르는 중이다.

그저, 마스터의 우악스런 힘으로 강제로 버티고 있을 뿐.

'생명력을 짜내는 건 취향이 아니지만, 어쩔 수 없지.'

"〈멀티 캐스팅〉."

이미 가해진 7서클의 마법을 그대로 중첩시킨다.

하지만 다른 것도 아니고, 7서클의 마법의 멀티 캐스팅을 시도했는데 몸에 부하가 걸리지 않을 리가 없다.

울컥.

"쿨럭!"

핏덩이가 그대로 목을 넘어 입 밖으로 올라왔다.

아프다.

시발, 정말 더럽게도 아프다.

회귀 전, 어지간한 무리수를 시도했던 때에도 이런 식으로 몸을 작살낸 적은 없었는데.

이 정도면 못해도 일주일은 요양해야겠지.

하지만 그래도 효과는 확실하다.

"크, 윽……?!"

그대로 밀리움의 무릎이 굽혀졌다.

땅에 닿지는 않았지만, 방금 전과 비교도 할 수 없을 정도로 강한 압박이 그녀에게 닿고 있다는 것은 분명했다.

하지만.

"아, 아아……."

에일렌의 탄식이 들려왔다.

밀리움은 중첩된 7서클의 힘조차도 버텨 낸 채 날 쳐다보고 있었다.

하지만 개운한 표정은 아니다.

그녀가 물었다.

"무엇으로, 상쇄한 게냐."

"비밀입니다. 누구나 그런 것 하나는 있는 것 아니겠습니까."

"……."

그녀는 여전히 검을 겨눈 채, 알 수 없는 눈으로 날 보고 있었다.

분명 그녀의 힘이라면 이대로 날 분쇄하는 건 어렵지 않을 터.

하나.

"그래서, 되었습니까?"

그러지 않을 것이다.

그것을 확신했기에, 난 그녀의 앞에 선 것이다.

"무얼 말이냐."

"제게 증명하라 하셨잖습니까. 이 정도면 증명이 되었느냐는 말이지요."

내 말에 날 겨누고 있던 검 끝이 작게 떨렸다.

그리고 검이 거둬졌다.

"쓸데없는 것까지 아이단, 그 능구렁이를 닮았구나. 그런 것까지 닮을 필요는 없거늘."

"괜히 부자지간이 아닌지라."

난 피식 웃고는 입가에 묻은 핏자국을 닦았다.

세트가 걱정 어린 눈으로 날 봤다.

[……괜찮은 거니? 그 정도의 마나 부하를 감수할 정도면, 속이 꽤 망가졌을 텐데.]

괜찮아.

그래도 버틸 수 있다는 가정으로 세운 계획이니까.

그런 식으로 그녀의 말에 답한 후, 난 밀리움을 똑바로 마주 봤다.

잠시 후, 작게 한숨을 쉰 그녀는 검을 집어넣었다.

"그래, 널 인정하마."

그러고는 복잡한 눈으로 엉망이 된 신전을 둘러보더니 내게 말했다.

"시간이 없으니 짧게 묻겠다. 그 이름은…… 어찌 안 게냐."

"우연히 봤지요."

난 무언가를 떠올리듯, 눈을 감은 채 재차 말을 이었다.

"당장이라도 스러질 것만 같은 잿빛의 소년이었습니다. 낡은 검을 쥔 채, 정처 없이 어딘가로 향하고 있더군요."

"……!"

"물을 달라기에, 물을 주었습니다. 겸사겸사 어디로 향할지, 무엇을 할지도 물었지요."

그 말이 끝났을 즈음.

밀리움이 내 코앞까지 얼굴을 들이밀었다. 철가면 사이로 보이는 눈동자가 떨리고 있었다.

"어디로…… 어디로 갔다더냐."

"그건 당장 말씀드릴 수는 없지요. 저라고 하여, 아무 이득도 없이 이런 정보를 드릴 이유는 없으니. 게다가……."

이 정도면 납득하겠지.

"……그 친구도 딱히 당신께 알려지길 원치 않은 기색이었고 말이지요."

움찔.

그녀의 몸이 눈에 보일 정도로 떨렸다.

하긴, '그 아이'가 그녀에게 어떤 존재인지를 생각하면 당연한 반응이긴 할 터.

"……그래도, 내게는 찾아야 할 의무가 있다."

"예, 그러시겠지요. 다 좋습니다. 그런데 그 전에 한 가지 더 아셔야 할 게 있는데."

난 히죽 웃었다.

"지금 당신을 이 꼴로 만든 원흉을 돕고 계시니, 어째 마음이 좀 편하십니까?"

"……뭐?"

밀리움의 눈이 크게 뜨였다.

"역시 권력이 최고라니까."

테러라 여겨져도 이상하지 않을 상황이었지만, '린델'과 '발푸르기스'라는 이름은 그조차도 어떻게든 무마할 수 있었다.

덤으로 막대한 헌금.

아무리 신전이라도 돈을 싫어하지는 않는 것이다.

하여간.

밀리움과의 이야기가 끝난 후, 난 신전의 방을 빌려 모두를 모았다.

에일렌이 영 불안하다는 표정으로 내게 물었다.

"……정말 이런 식으로 문제를 처리해도 되는 건가요?"

"괜찮아. 신전 측에서도 문제가 더 크게 번지길 원하지는 않을 거니까."

"맞아요."

짧게 대답하며 카산드라가 고개를 끄덕였다.

"전 일단, 교국을 나왔어도 교국의 소속이라 알려져 있습니다. 그런 제가 마스터와 마찰을 빚었다는 사실은 교국에게도 그리 좋은 이야기는 아니니."

"……하긴, 그분은 예언자님을 노리고 여기까지 오셨었죠."

에일렌은 꽤 혼란스러운 표정이었다.

하긴 그럴 만하다.

내가 소개해 준다는 스승과의 첫 만남은 결코 유쾌하다 할 수는 없었으니.

"도대체 전 당신이 무슨 생각인지 모르겠거든요?"

"몰라도 돼. 약속은 지킬 테니, 너무 그렇게 노려보지 말고."

"아무리 그래도 지금 이 상황이 그렇게 형편 좋게 이야기가 끝날 것 같지는 않은데……."

에일렌은 눈을 질끈 감았다.

"마스터가 위대한 무인이라는 것도 알고, '무법의 심판자'께서 막대한 명성을 지니고 있다는 것도 알아요. 하지만 일단 수도 신전에서 문제를 일으켰다는 사실은 이미 황궁까지 전해졌을 거예요. 그렇게 좋은 상황이라고 할 수는……."

"좋아, 잘 말했어."

"……예?"

그녀의 말대로였다.

다른 이도 아니고, 마스터가 수도 한복판에서 난리를 피웠다.

이 정보는 아마 황제의 귀에 들어갔을 가능성이 크리라.

다만.

"그렇게 알려진 정보는 현재로서는 제한적이지. 그건 너도 동의하는 것 아닌가?"

"그, 그렇죠."

마스터가 문제를 일으켰다.

그것도 수도에서.

딱 여기까지만 보면, 단순히 마스터에게 문제가 있다 여길 수 있을지도 모른다.

사실 이쪽이 사실이기도 하고.

하지만 바꿀 수 있다면?

"문제의 화살을 다른 쪽으로 돌릴 수 있는 방법이 있다면 어떨까. 이 사건을 우리에게 최대한 유리한 쪽으로 포장하는 거지."

"……포장한다고?"

리안이 영 이해가 안 간다는 표정으로 내게 물었다.

"애초에 진실은 드러나기 마련 아닌가? 아무리 정보를 포장해도 결국……."

"그거야 제국이 납득할 만한 미끼를 풀면 해결될 일이야."

제국이 납득할 만한 미끼.

안 그래도, 수도의 뒷골목을 휘어잡으며 쓸데없는 일을 벌이는 원흉.

적당한 자가 하나 있다.

그는 바로…….

"시궁쥐."

"……?!"

대답은 내가 아닌 다른 곳에서 들려왔다. 잿빛의 머리카락을 휘날리는 중년의 여성.

"시, 심판……!"

화들짝 놀란 채, 에일렌이 다급히 몸을 일으켰다.

얼굴을 감추고 있던 철가면은 쓰지 않은 상태였다. 이제 정체를 감출 이유는 없다는 듯.

그녀는 차게 굳은 얼굴로 날 쳐다보며 말했다.

"그래서 말해 보거라. 날 기만한 그 잡것은 어찌해야 찢어 죽일 수 있겠느냐."

3장

축축하기 짝이 없는 지하.

차가운 쇠창살이 줄지어 늘어선 복도를 누군가 걷고 있었다.

쥐와 같이 얍삽한 인상에 가늘게 난 수염을 매만지는 남자.

시궁쥐.

그는 곧 들려올 소식을 기다리며, 상품이 보관된 장소를 돌아보는 중이었다.

"쯧쯧."

뒷짐을 진 채 그는 혀를 찼다.

만족스럽지 않다.

쇠창살 너머에는 소년소녀들이 아무런 반응도 않은 채, 웅크리고 있었다.

절망으로 새카맣게 물든 눈.

시궁쥐가 얼굴을 찡그리며 뒤를 따르던 남자에게 물었다.

"아니, 이것들 왜 이래?"

"예? 그, 이, 일단 관리한다고 하기는 했는데……."

"허, 관리? 지랄 마라. 저 꼴이면 제값에 팔지도 못해."

"그, 그래도 저렇게 순종적인 것들을 좋아하는 고객도……."

"이 병신 같은 새끼야."

시궁쥐가 혀를 끌끌 차며, 상품관리인을 노려봤다.

"우리가 고객으로 삼은 어르신들이 어디 보통 사람들이냐? 좀 귀족같이 도도한 놈들을 굴복시키고 싶어 하는 졸부들 아니냐."

"그, 그렇지요."

"그 늙은이들이 저렇게 쥐 죽은 듯 있는 걸 바라겠어? 당연히 좀 성깔 있고, 개기는 걸 바라는 거지. 이런 것들은 뒷골목 뒤져 봐도 넘쳐 난단 말이다!"

저열하기 그지없는 웃음을 흘리며 시궁쥐는 열변을 토했다.

소아성애.

그중에서도, 망한 귀족가의 아이나 귀족의 사생아를 제 것으로 삼고 싶어 하는 질 나쁜 부류는 결코 적지 않았다.

상품관리인은 곧바로 냅다 바닥에 고개를 처박았다.

"죄, 죄송합니다! 좀 더 철저하게 관리할 테니 용서를……!"

"내가 기분이 좋지 않았다면, 그대로 그림자의 먹이로 줬을 거다. 처신 잘 하라고."

"가, 감사합니다!"

"쯧, 하여간 내가 보지 않으면 금세 이렇다니까."

시궁쥐는 혀를 끌끌 찼다.

정보와 인신 매매.

그가 수도 암흑가에서 지금의 위치에 올라설 수 있었던 주요한 원동력이다.

인간의 추악한 욕망은 끝도 없다.

당연히 가문이 몰락한 어린 귀족 아이들을 통해 제 열등감과 욕망을 풀고 싶어 하는 자들은 얼마든지 있었다.

특히.

이렇게 부유한 이들로 가득한 수도라면 더더욱.

"제 알량한 자존심을 유지할 만한 희망을 주면 되는 거야. 아주 작은 희망. 어린 것들은 그것만으로 쉽게 밝아지니."

"며, 명심하겠습니다."

"오래 가둬 뒀던 것들은 위로 올려 보내. 적당히 대접해 주는 척하면 알아서 기가 살아 날뛸 테니, 그때 팔면 그만이다."

제국은 공식적으로 노예 매매를 금하고 있다.

그중에서도 어린아이를 사고파는 행위는 금기 중의 금기라 할 만한 일.

하지만 어쩌라는 건지.

제국 내에서 수요가 없었다면 이렇게 자신의 장사가 흥할 이유도 없지 않던가.

'그래, 덕분에 마스터를 틀어쥘 수단도 손에 넣은 것이고.'

우습다.

그 대단한 마스터가 자신의 손에 휘둘릴 줄이야.

써먹을 구석은 많다.

정보를 주겠다고 약속은 했으나, 그야 정보도 정보 나름인 법이 아니던가. 마스터라 해도, 참으로 순진하지 않은가.

그래.

'한때, 제 아이가 저 쇠창살 너머에 있었던 줄도 모르고.'

낄낄. 저도 모르게 입가를 비집고 웃음이 흘러나왔다.

「카리아만.」

처음 그런 이름의 소년을 사로잡았을 때는 몰랐다.

설마, 그 소년이 그 '무법의 심판자'와 관련이 있었을 줄은 말이다.

'그래 봤자 세상물정도 모르는 애새끼였지만.'

간단히 속았고, 사로잡혔다.

어떤 이유로 무법의 심판자와 떨어졌는지는 모르지만, 무언가 갈등이 있었다는 사실만큼은 알 수 있었다.

다시 생각해도 제 담력에 감탄이 절로 나온다.

들키면 그 날로 끝장일 테지만 상관없다. 그러지 않을 자신이 있으니.

게다가.

계획대로 교국에서 나왔다는 예언자가 자신의 손에 들어온다면, 마스터가 적이 될 걱정도 할 필요가 없을 터.

'예언자라면 분명 놈이 만족할 만한 먹이겠지.'

그래, 자신에게 붙어 있는 놈.

그놈이 강해진다면 마스터 같은 걸 두려워할 필요는 없다.

그저 넘기면 그만.

다른 걸 생각할 필요는 없다.

그때였다.

"두목."

"왔군. 예언자는?"

제 앞에 나타난 제 부하를 보며, 시궁쥐는 제 계획이 성공했음을 믿어 의심치 않았다.

다름 아닌 마스터 아닌가.

크게 문제는 없겠지.

하지만 그의 확신과는 다르게, 정보원의 얼굴은 밝지 않았다.

"그, 그게…… 그 여자 말입니다. 마스터요."

"뭔 일 있나?"

"그, 그러니까……."

정보원은 스스로도 확신이 없는 듯 말끝을 흐렸다.

"똑바로 말해."

"신전에 붙은 거 같은데요?"

"……뭐?"

시궁쥐의 얼굴이 차게 굳었다.

회귀 전의 일이다.

어느 날, 심판자의 혈육의 시체가 발견됐다.

처참하게 전신이 난자된 채.

- 아.

직접 보지는 않았으나 혈육의 시체를 본 순간, 그녀를 붙잡고 있던 끈이 끊어졌다 했다.

"슬픈 일이지."

리안은 씁쓸하게 그 일을 입에 담으며 검을 뽑았다.

"검제후께서는 평생 혈육을 찾아다녔다. 그런데 그런 꼴로 전락한 시체를 발견한 거야."

"미쳐도 이상하지 않았겠군."

"실제로 미쳤지."

그녀는 그때부터 본래의 모습을 잃었다 했다.

한 가지 목적에 매몰된 채, 주변을 돌아보지 않게 되었다고.

복수.

그녀는 자신의 목숨조차 미끼로 삼을 정도로 망가졌다.

"그래도…… 단 한 번, 기회는 있었단 말이지. 그분께서 다시 정신을 찾을 기회."

"……기회?"

"그래, 우연하게 자신의 후인으로 삼기에 적합한 자를 발견했던 모양이야."

"적합한 자라……."

"너도 알기는 알 걸?"

리안은 피식 웃었다.

"에일렌 린델."

"……!"

"검제후의 검을 익히기 위해서는 선천적인 '오러 적응력'이 필요하잖냐. 천만 명에 한 명이 나올까 말까한 희귀한 재능. 그게 그녀에게 있었던 모양이야."

뭐라 말을 할 수 없었다.

그녀가 현재 어떤 꼴이 되었는지는 알고 있기에.

그리고 그렇다는 건…….

"그래서였군."

마지막 희망까지 짓밟혔다는 건가.

그제야 상황이 이해가 되었다.

"달라질 수도 있었겠어."

"뭐, 그분이 그렇게 되지 않는 건 물론이고, 에일렌 린델이라는 제 2의 검제후가 나왔을지도 모를 일이었지."

이제 소용없는 일이지만.

녀석은 쓴웃음을 지으며 고개를 저었다. 나 역시도 녀석과 같은 심정이었다.

……기회가 있었다면.

전부 바꿀 수 있었을 텐데.

당시의 난 그런 생각을 했다.

"……수도의 암흑가가 예언자님을 노리고 있다고요?"

수도 중앙 신전의 책임자, 알레이 대주교는 눈을 휘둥그레 떴다.

"예언가, 카산드라가 모습을 감췄다는 사실은 아실 겁니다."

"알고 있습니다. 안 그래도 그분에 대한 것은 감사하다는 말씀을…….”

“그건 괜찮습니다. 그보다 중요한 건, 놈들이 예언가의 ‘예언’을 저들끼리 독점하고자 했다는 것이지요.”

“……예?”

알레이 대주교가 눈을 부릅떴다.

그는 그 말이 들리자마자, 믿을 수 없다는 듯 말했다.

“아니, 아무리 그것들이 못 배운 놈들이라 해도 그렇지, 설마 교국을 상대로…….”

“만약, 단순한 암흑가가 아니라면 어떻겠습니까.”

“……!”

그는 믿을 수 없다는 눈을 한 채, 골똘히 생각에 잠기더니 이내 말했다.

“……이단이 얽혀 있다는 말씀을 하고 싶으신 겁니까?”

“그렇습니다.”

대주교의 눈빛이 차가워졌다.

다른 곳도 아니고, 수도의 신전을 맡을 정도면 신앙적으로도, 실력적으로도 흠이 없어야 한다.

당연히, 그의 이단에 대한 혐오는 그 누구보다도 크다.

“……증거는 있으신지요. 이단에 대한 판별은 확실해야만 합니다. 만약 괜한 사람에게 이단의 딱지를 붙이는 거라면.”

“증거는 있습니다.”

난 피식 웃고는 뒤를 돌아보았다.

내 뒤에는 전부터 차례를 기다리고 있던 밀리움이 있었다.

"그쪽은 내가 설명하지요."

내 말이 채 끝나기도 전, 뒤에서 목소리가 들려왔다. 상대를 본 대주교의 얼굴에 주름이 깊어졌다.

"……여기서 밀리움 경입니까."

"안타깝게도 그리됐습니다."

"후우."

그 말에 대주교는 작게 한숨을 쉬었다.

"궁금하긴 했지요. 왜 제국 바깥의 마스터이자, 무법지대의 심판자라 불리는 경이 이런 진흙탕 싸움에 끼어들었는지."

그녀는 조용히 고개를 숙였다.

"신을 모시는 전당에서 문제를 일으킨 것은 사과드립니다."

"난리? 아니지요. 밀리움 경이 신전에서 문제를 일으킨 건 크게 중요하지 않습니다."

대주교는 날카로운 눈으로 그녀를 노려보며 말했다.

"경은 교국의 예언자를 납치하려 했습니다. 만약 미하일 공자가 막지 않았다면 정말 그리 되었겠지요."

"……."

교국은 카산드라의 예언을 신용하지 않는다.

하나, 그것과는 별개로 그녀가 예언자라는 사실은 달라지지 않는 것이다.

어쨌건.

카산드라는 교국에서 신성시 하는 존재 중 하나.

교국 입장에서도 결코 가볍게 받아들일 일은 아니다.

'예언을 신용하지 않아도, 상징성이라는 것이 있으니.'

예언가와 성녀.

이 둘은 교국에서 '상징성'으로도 적지 않은 가치를 지닌 존재임이 분명했으니.

밀리움은 부정하지 않았다.

"알고 있습니다. 그렇기에 속죄하고자, 이단을 치겠다고 말하는 것입니다."

"그 말씀은……."

"예, 납치를 주도했던 암흑가의 리더, 시궁쥐. 그 자의 처단을 전적으로 돕지요."

"무언가, 확인하셨던 겁니까?"

"예, 그렇습니다."

대주교의 질문에 그녀가 얼굴을 찡그리더니 말했다.

"그림자를 조종했었지요."

"그림자?!"

대주교가 다급히 소리쳤다.

"잠깐, 그림자라 하셨습니까? 그림자를 조종했다고요?!"

"대주교께서도 아시겠지요."

적당히 미끼가 던져졌을 즈음, 난 곧바로 나섰다.

"움직이는 그림자가 어떤 의미인지 많은 사람들이 잊게 됐지만, 교국에서도 몇 안 되는 대주교 중 하나인 당신이라면 알고 계시겠죠."

"……〈추악한 군주〉."

"맞습니다."

내 대답에 그는 다리에 힘이 풀렸는지 망연자실한 표정으로 털썩 자리에 주저앉았다.

"이 수도에 그 불길한 것이 숨어 있었다고요? 이 무슨 말도 안 되는……."

"밀리움 경이 잘못 보았을 리는 없습니다. 설령 본신은 아니라도, 그 화신이 존재하고 있을 가능성은 무시할 수 없지요."

"잘…… 아시는군요."

"발푸르기스가 괜히 지금의 위치에 올라선 게 아니지요."

"그건, 그렇습니다만…… 허."

혼란스러운 표정.

〈추악한 군주〉.

마신을 따랐던 12마리의 괴물 중 하나.

회귀 전, 이 12마리의 괴물은 완벽하게 부활해 마신을 따르는 '군단장'에게 깃들게 된다.

'회귀 전, 그 추악한 군주를 쓰러뜨린 게 밀리움이었지.'

이렇게 보면 어느 정도 전후 관계가 보였다.

그녀는 이 시점에서 추악한 군주의 손에 놀아났으며 많은 것을 잃었으리라.

그리고 훗날, 자신의 목숨을 불태워 복수한 것이고.

그러나 대주교는 여전히 믿을 수 없다는 표정이었다.

아니, 믿고 싶지 않다는 표현이 더 옳으리라.

"정말 확신하실 수 있습니까? 공자의 말대로라면 정말 이건 보통 일이 아닙니다. 그 마신의 권속이 존재한다는 건……."

"반대로 묻지요."

난 날카로운 눈으로 그를 쳐다보며 물었다.

"이미 예언가는 마신의 강림을 예언했습니다. 당연히 대주교께서도 예상하셨어야 할 일이 아닙니까?"

"그것은……!"

하지만 대주교는 더 말을 잇지 못했다. 여기서 내 말에 반박하는 것은 교국의 뜻을 부정하는 것이 되기에.

'물론 여전히 믿기 힘들겠지.'

오래전 사라졌다 여겨진 마신의 찌꺼기가 자신이 관리하는 수도에 숨어 있었다?

그것도 지금까지 자신도 모르고 있었고?

당연히 자존심이 허락하지 않는다.

그의 신앙이 정면으로 부정당한 것과 마찬가지니.

“하지만 그렇다고 무턱대고, 협력을 강요할 생각은 없습니다. 어떤 식으로건, 이 일은 수도에 큰 소란을 초래할 터.”

“……뭘 말씀하시고 싶은 겁니까, 미하일 공자.”

됐다. 이 말까지 나왔다면 내가 할 말은 정해져 있다.

“제가 해결해 드리지요.”

“……!”

“제가 여기 밀리움 경과 함께 그 〈추악한 군주〉를 토벌하겠습니다. 대주교께서는 그저 한 가지 약조만 해 주시면 됩니다.”

“약조라 하면…….”

“용사 선정.”

“허.”

내 말에 대주교가 쓴웃음을 지었다.

“역시 그것입니까.”

“무리한 요구는 아니지 않습니까? 화신에 불과할지라도, 〈추악한 군주〉의 토벌은 용사로 불리기에 마땅한 위업이니까요.”

“그건…… 사실이지요.”

대주교는 팔짱을 낀 채 잠시 고민했다.

하지만 고민은 짧았다.

“좋습니다.”

대주교는 즉석에서 자신의 신성력을 이용해 약속을 맺었다.

“제 신앙을 걸고 약속드리지요. 〈추악한 군주〉의 화신이 존재하며, 그것을 공자가 토벌한다면 전 공자를 ‘용사’로서 지지할 것입니다.”

“갑자기 무슨 소리십니까.”

“네가 날 변호하지 않았더냐. 직접적으로 말을 하지는 않았으나, 대주교가 날 벌하지 않도록 유도했음을 안다.”

그녀는 그리 말하며 날 봤다.

“린델의 아이에게 그 이름을 전했다는 건, 당연히 내 사정도 알고 있다는 뜻이겠지.”

“카리아만 말씀이십니까.”

“그렇단다.”

카리아만.

솔직히 말하자면, 자세한 속사정까지 알지는 못한다.

그녀와 혈육 사이에 무슨 일이 있었는지, 어째서 그 혈육이 그녀에게서 멀어지고자 했는지…… 그러한 자세한 사정까지 알지는 못하는 것이다.

“당신이 찾고 있는 게 혈육이라는 것 정도는 알지요.”

"……그 아이가, 다른 말은 하지 않았더냐."

"예, 아무것도."

그녀는 잠시 말이 없었다.

치솟는 감정에 차마 입을 열 수 없었던 걸지도 모른다.

"제가 아는 것도 어디까지나, 잠깐의 대화를 통해 유추한 것에 불과합니다. 시궁쥐에게 붙잡혀 졸부의 노예가 될 뻔했다거나 하는 것들 말이지요."

아득.

내 말이 끝나기 무섭게 그녀에게서 거센 기세가 흘러나왔다.

눈앞에 시궁쥐가 있다면 당장이라도 찢어발길 기세.

"그, 잡것을 내가……!"

"일단 시궁쥐에게서 탈출한 것은 분명합니다. 그러니, 우선은 진정하시지요."

내 말에 천천히 그녀의 기세가 진정되기 시작했다.

그리고 잠시 후, 그녀는 입을 열었다.

"……별것 아닌 이야기다. 무법 지대에서 남편을 잃은 머저리가 있었지. 후일, 범인은 무뢰배로 밝혀졌다."

"……."

"복수는 했지만, 오갈 데 없는 증오는 사라지지 않았다. 그리고 그 머저리는 남편을 빼앗은 근본적인 원인을 보았다."

그녀가 찾은 원인은 무법.

법이 없는 땅이기에 짐승들이 생겨나고, 무고한 피해자들이 생겨난다 생각했다.

그리고 그때부터.

그녀는 법이 없는 땅에서 심판자로서 활동하기 시작했다.

감정도 자비도…….

전부 남김없이 내버린 채.

"하지만 정작 중요한 것은 보지 못했지. 그이가 남긴 마지막 보물을 소홀히 했어."

"그게, 카리아만입니까."

"그렇다."

희미하지만, 그녀의 어깨가 떨리는 것이 느껴졌다.

"난 그 아이 또한 내 뜻을 따를 의무가 있다 여겼다. 그 아이에게는 선천적인 적응력이 있었어. 난해한 내 검을 감당할 수 있는 천고의 재능."

"강요했군요."

"그게 내 애정이라 여겼다. 부모로서 줄 수 있는 선물이라 판단했었지. 그래, 그랬다."

하나 정신을 차렸을 때, 그녀의 옆에 아들은 없었다.

불완전하게 익힌 그녀의 검을 품은 채 흔적도 없이 사라졌다.

"내 잘못이었다. 그래서는 안 되었어. 이렇게 후회할 거였다면 처음부터 그 아이를 수단으로 봐서는 안 되었어."

거기까지 말한 뒤, 그녀는 천천히 내 쪽으로 돌았다.

"그러니 묻겠다. 내 아이를, 과연 찾을 수 있겠느냐."

"그럴 수 있다고 하면 제게 무얼 주시겠습니까."

"난 쓸데없는 신경전은 좋아하지 않아. 특히 내 아이가 걸린 일이라면 더더욱. 그러니, 간단하게 말하마."

그녀는 자신의 검을 보였다.

"네게 검을 바칠 것이다."

"……."

"내 아이를 찾고, 그 아이와 관계를 회복할 수 있다면 난 마땅히 네 검이 될 것이다."

파격적인 대가였다.

제국에도 몇 안 되는 마스터.

그중에서도 '무법의 심판자'란 이명으로 높은 명성을 지닌 존재의 충성.

이 정도의 대가라면 여느 귀족이건, 수단과 방법을 가리지 않고서 그녀의 바람을 이루고자 하리라.

그녀는 조용히 내 대답을 기다리고 있었다.

잠시 후, 입을 열었다.

"약속하지요."

"좋아, 그렇다면……."

"다만, 제가 원하는 건 당신의 검이 아닙니다. 마스터의 충성은 분명 매력적이지만, 당장 제게 필요한 것은 아닌지라."

그녀는 미간을 찌푸리며 물었다.

"그럼 뭘 원한다는 게냐."

"에일렌 린델을 제자로 받아 주시지요. 그녀 역시 당신의 혈육과 마찬가지로 초월급의 오러 적응력을 지니고 있는 인재니."

"……그 아이를 제자로? 널 위한 것이 아니라?"

"그리 약속을 해 둔지라."

이미 받은 것도 있고.

그녀는 눈을 동그랗게 뜬 채 날 쳐다보더니 물었다.

"그것뿐이더냐? 다른 건……."

"뭐, 하나 더 있긴 합니다만."

사실 이게 본론이긴 하다.

난 검지를 들어 올리며 말했다.

"스스로의 목숨을 가볍게 여기지 않는 것."

"……음?"

"자신의 목숨 따위 어찌 되든 상관이 없다거나. 목적을 위해서는 얼마든지 꺼뜨려도 상관이 없다거나 생각하지 마시란 뜻입니다."

회귀 전, 가끔 생각했다.

그녀가 7군단장과의 공멸이라는 선택지를 택하지 않았

다면, 어떤 미래가 펼쳐졌을 것인가.
어쩌면 좀 더 낫지 않았을까.
이건 내가 그녀의 검을 받는다 하여 달라질 게 아니다.
그녀 스스로가 깨달아야 한다.
"……모르겠구나. 어찌 내게 그런 말을 하는지."
"기억하고 계시면 됩니다."
난 피식 웃고는 그녀를 지나쳐 걸었다.
우선은 그것만으로 충분하다.
적어도, 지금은.

난 곧바로 움직이기로 했다.
어차피 시간을 끌어 봤자 시궁쥐가 도망칠 시간만 벌 뿐이니.
"작전은 간단해. 놈이 있는 근거지를 습격해 일망타진한다."
"……그것뿐?"
리안이 고개를 갸웃거렸다.
"그래도 좀 큰 놈 잡는 거잖아. 계획이 그렇게 허술해서 되겠냐. 좀 더 정교하게……."
"그러다가 다 놓친다."

게다가, 아무 생각 없이 이런 단순한 계획을 세운 건 아니다.

"어차피 시궁쥐는 여기서 도망칠 수 없어. 놈에겐 도망쳐서는 안 되는 이유가 있으니까."

"……이유?"

"그림자."

내 발끝에서 이어진 그림자를 툭툭 건드렸다.

"그놈은 본래 아무것도 없는 뒷골목의 건달에 불과했다. 그런데 갑자기, 제국 수도 암흑가의 한 구역의 리더가 됐지."

"뭔가 있다는 말인가요?"

"그래, 그게 '그림자'다. 이단의 상징이자, 마신의 화신 중 하나. 시궁쥐는 그것에게 영혼을 바쳤고, 힘을 얻었지."

"정말 이단이군."

"그래, 본래라면 교국이 나서야 할 문제지만 알다시피 현 시점에서 예언은 그리 신뢰받는 상황이 아니야. 그래서 우리가 나서기로 한 거고."

"흐음……."

리안의 시선이 내 뒤에 있는 카산드라 쪽으로 향했다.

"이 정보들은 저 예언가 아가씨가 말한 거고?"

"그렇다고 해 두지."

내 말에 리안이 히죽 웃었다.

"뭐, 난 좋다. 어차피 널 돕기로 했었고, 개새끼들 두들기는 건 꽤 즐겁거든.”

“저도 뭐…… 도울게요. 이단이라면 저희 가문에서도 좌시할 수 없는 문제니까.”

“좋아, 그럼.”

난 손뼉을 치며 말했다.

“어디 시작해 보자고.”

“씨발!”

시궁쥐는 신경질적으로 주변을 망가뜨렸다.

그의 감정에 따르듯 그림자가 출렁거렸다.

「예언…… 자…….」

“알아, 빌어먹을. 안다고!”

직감적으로 깨달았다.

그가 계획했던 일이 무언가 단단히 잘못됐다는 것을.

마스터와 연락이 되지 않는다. 그 여자는 신전에 들어간 뒤로 전혀 반응하지 않았다.

그게 의미하는 건 하나뿐.

‘눈치챈 건가!’

설마, 정말로.

하필이면 이때.

빌어먹을 발푸르기스의 애새끼 하나 때문에 계획이 이렇게 꼬일 줄이야.

이렇게 위험할 거라 생각한 적은 없었다.

계획대로 예언자를 손에 넣는다면, 이 '그림자' 또한 만족할 터. 그 뒤로는 자신이 무엇을 하건 상관없으리라 여겼다.

애초에 이런 건 그의 계획에 있지 않았다.

자신을 향한 위협은 약점을 쥔 수도의 유력 가문을 이용해 무마할 셈이었으니.

한데. 하필…….

'아무 신경도 안 쓰고, 그냥 들어오는 미친놈이 있었을 줄이야……!'

미하일 발푸르기스.

그의 오랜 직감이 미친 듯이 경종을 울리고 있었다.

그놈은 결코 그의 방법으로 상대할 수 있는 놈이 아니다.

도망쳐야 한다.

심지어 지금 그쪽으로 오는 것은 아마도 마스터.

그 괴물을 상대로 그가 버틸 수 있을 리가 없지 않은가.

하나.

「허락…… 불가.」

느릿한 목소리와 함께, 그림자가 그의 발목을 붙잡았다.

「예언자가, 오고 있다.」

"어차피 그년을 지금 손에 넣는 건 무리야! 차라리 도망쳤다가 나중에 기회를 보는 게……."

「기회, 없음.」

"빌어먹을, 내가 뒤지게 생겼다고! 씨발, 왜 이러는데!"

「불가.」

그림자는 단호했다. 그가 도망치려 하는 순간, 발을 묶었다.

그때였다.

콰아아아앙!

굉음과 함께 땅이 울려댔다.

"히, 히익?!"

이 압도적인 기세.

그의 머릿속에 생각나는 것은 하나뿐.

'마, 마스터가 왔다……!'

"두, 두목! 습격입니다! 마, 마스터가 저희들 쪽으로…… 커, 커헉!"

처참한 비명과 함께 벽 너머에서 들리던 부하의 목소리가 끊겼다.

그동안 쌓아 뒀던 것들은 아무런 소용이 없었다.

마스터라는 압도적인 무력 앞에는 조무래기에 불과했다.

"예, 예언자는 내가 어떻게든 하겠다! 아, 안 돼. 일단은 내가 도망쳐야……."

「예언자, 안 먹나?」

"못해! 다른 틈을 보면 되잖아! 씨발, 그게 꼭 지금일 필요는 없는 거 아니야?!"

그 말에 그와 꼭 닮은 그림자가 히죽 웃었다.

「계약, 위반?」

"어쩌라고! 계약이건 뭐건, 그런 것보다는 내가 사는 게 더 중요하단 말이다!"

그 순간.

지금까지 그를 지키고 있던 그림자의 분위기가 바뀌었다.

「크키킷.」

그림자가 낄낄 웃었다.

「그렇다면.」

「필요 없음.」

「내가, 하면 가능.」

그림자가 그의 귓가에 대고 속삭였다.

"……뭐?"

「대신하면, 그만.」

"그게, 무슨……."

말이 채 끝나기도 전.

콰직.

어둠 속에서, 무언가를 씹어 삼키는 소리가 들렸다.

콰득, 콰드득!

한참을 들리던 파육음은 조금씩 잦아들기 시작했다.

그리고 잠시 후.

시궁쥐가 천천히 걸어 나왔다.

분위기는 조금 달랐지만.

「키킷.」

시궁쥐, 아니, 시궁쥐였던 것이 히죽 웃었다.

"사, 살려…… 끄아악!"

비명과 함께 시궁쥐의 수하들이 쓰러졌다.

"하하, 어딜!"

"빈틈이 많네요."

리안과 에일렌은 빠르게 검을 휘두르며, 앞을 가로막는 자들을 닥치는 대로 베어 넘겼다.

콰광! 콰과광!

암흑가 곳곳에서 폭발음이 들리며, 시궁쥐의 수하들이 쓰러져 갔다.

수도의 암흑가라고 해 봤자, 별것 아니다.

지금 이 자리에 나선 것은 나나 익스퍼트 급의 리안과 에일렌이 뿐만이 아니다.

"시답지도 않구나."

마스터, 밀리움 아리아란.

차가운 목소리와 함께 그녀가 검을 휘둘렀다. 검이 채찍처럼 주변을 할퀴었다.

그건, 폭풍과도 같았다.

시궁쥐의 수하들은 흔적조차 남기지 못하고 그대로 갈려 나갔다.

[흐음…… 저 인간, 꽤 힘을 조절하는구나.]

"아무리 암흑가라도 수도야. 마스터가 제 힘을 보이면 보통 소란이 아니게 되겠지."

저쪽은 알아서들 잘 하겠지.

어차피 처음부터 암흑가 공략 자체에는 큰 무리가 없다 판단했으니.

중요한 건, '시궁쥐' 쪽이다.

[나로서는 네가 의무를 다하는 것이 꽤 보기 좋단다. 하나, 우습게 보지는 마렴.]

세트가 얼굴을 찡그렸다.

[제아무리 화신이라도, 추악한 그것은 가볍게 볼 게 아니니까. 어차피 제 목적도 달성 못했으니 대단치는 않겠지만…….]

"그래, 모르는 일이지."

암흑가의 전투가 중요한 게 아니다.

이 빌어먹을 상황의 중심.

시궁쥐.
놈을 찾아야 한다.

"가능한 빨리, 끝장낸다."
내가 아는 정보를 떠올린다.
회귀 전, 끝까지 살아남은 놈은 그대로 〈추악한 군주〉에 의해 제물로 바쳐졌다.
그리고 그것이 강림했으니.

'일곱 번째 군단장.'

〈추악한 군주〉의 화신.
밀리움이 공멸한 최악의 괴물.

놈이 완전체가 되기 전에 확실하게 끝장내야만 했다.

그것에게는 목적이 있었다.
먹는 것.
먹게 되면 강해진다.
그리고 그리되면 자연히 보다 완전해질 수 있으리라.

하지만 단순히 양이 많아서만 되는 게 아니라 질이 중요하다.

예언가.

막대한 예언의 힘을 품은 존재라면, 분명 막대한 힘을 그에게 주리라.

「역시, 영양가가 없어.」

전보다 훨씬 자연스러워진 말투로 중얼거리며, 그것은 주변을 훑었다.

시궁쥐라는 놈을 먹어 어느 정도 이지가 생겼다.

하나, 턱없이 부족했다.

이 공복을.

갈증을 잠재우기 위해서는 역시 커다란 먹잇감이 필요하다.

「흐음, 이런 상태로는 다른 자들과 재회할 수 없지.」

원래는 시궁쥐에게 조금 더 붙어 있을 셈이었다.

어쨌건 결과적으로 시궁쥐를 먹어치운다는 결과는 달라지지 않았겠지만, 시궁쥐가 생각대로만 움직였다면 그건 몇 년 후의 일이었으리라.

하나, 예정이 바뀌었다.

시궁쥐는 자신의 생각을 거스르기 시작했다.

게다가…….

「아사르의 종복.」

그것이 히죽 웃었다.

예언가 하나만 먹어치워도 상관이 없다 여겼다.

한데, 이곳에서 그 가증스런 아사르의 기운을 느끼게 될 줄이야.

「흐, 흐흐…… 이왕 나선 거, 좀 더 먹어치워야겠어.」

먹고, 먹고 또 먹어서…….

인지 능력을 기른다.

지금으로서는 머릿속이 굳어서 제대로 된 판단이 힘들다.

「우선, 기억.」

불완전한 기억을 찾자.

조금이라도 기억을 찾는다면, 최소한 도움이 될 기술을 떠올리게 될지도 모를 일.

「흠, 흠, 좋은 생각이 났다.」

갑자기 떠오른 생각.

시궁쥐는 성에 차지 않는 잡것이었지만, 이 잔머리만큼은 꽤 쓸 만했다.

딱 시궁쥐만큼의 계략.

「인간들은 어린 것에 대해 적지 않은 책임감을 지니지.」

그것으로서는 영 이해하기 힘든 감정이었지만, 이용하기에는 또 그만한 것이 없다.

「그럼 이용해야지.」

낄낄.

추악한 괴물이 웃었다.

'딱히 어렵지는 않아.'

코끝을 찌르는 피비린내.

하지만 검가의 일원이라면 이 정도는 익숙하다.

'보인다.'

그녀의 눈에는 주변의 모든 자들이 무기를 휘두르는 검로가 보였다.

지금까지 그녀에게 부족한 건 실전.

그렇기에 이번 암흑가 토벌은 그녀에게 있어 좋은 기회였다.

많은 것에 적응한다.

다양한 전투 속에서 일어나는 수많은 변수.

그것들에 적응하며 에일렌은 실시간으로 자신의 검술을 성장시켜 나갔다.

그 속도는 무척이나 빨랐다.

가솔들이 경악할 정도의 속도로 가문의 수련법과 검술에 익숙해졌듯이, 그녀는 이 실전조차 익숙해지기 시작했다.

적들의 움직임을.

검의 경로를.

전부 확실하게 뇌리에 각인시키고, 본능적으로 최적의 움직임을 재현한다.

하지만.

'아니야.'

무언가 개운치 않았다.

아무리 검을 휘둘러도, 마음이 편해지기는커녕 답답해졌다.

무언가. 좀 더 잘할 수 있을 것 같은데…….

'좀 더, 변칙적으로…….'

"아악!"

적의 비명을 뒤로하고, 그녀는 자신이 쓰는 오러를 변칙적으로 꼬기 시작했다.

본래라면 해서는 안 된다.

그녀는 현존하는 수련법 중, 가장 정도에 가깝다 알려진 린델의 가르침을 이었다.

변칙이란, 그 '정도'를 정면으로 거스르는 행위.

절대 좋은 방법이 아니다.

하지만 어쩌겠는가.

'계속 떠오르는 것을.'

이제야 어째서 미하일이 자신의 스승을 그녀로 추천했는지 이해가 되었다.

그 검을 본 순간부터 머릿속에서 계속해서 생각이 났다.

어찌하면 그리할 수 있을까.

어떻게 그렇게 오러를 변칙적으로, 딱 다룰 수 있을 만큼 비틀 수가 있는 것일까.

'이런 식이었나?'

에일렌은 저도 모르게 그녀의 검을 흉내 내려 했다.

물론 지금의 그녀로서는 흉내 내는 것조차 쉽지 않았지만 어떻게든 시도했다.

하나 그 대가는 컸다.

쩌엉!

그녀가 쥐고 있던 검이 그 변칙적인 오러를 버티지 못하고 산산조각이 났다.

동시에 그 후폭풍이 고스란히 그녀에게 돌아왔다.

"쿨럭!"

뒤늦게 후회했지만 소용없었다.

그녀는 가까스로 휘청거리는 몸을 지탱했다.

'빌어먹을, 너무 신을 냈나.'

그런데 그때.

"과연, 재능은 있구나."

그녀의 귓가에 익숙한 목소리가 들렸다.

밀리움 아리아란.

밀리움은 그 말과 함께 그녀를 지나치며 검을 들었다.

"미하일, 그 아이는?"

"……아까 전, 개인적으로 알아볼 게 있다며 사라졌습니다."

"그렇군."

밀리움은 고개를 끄덕이고는 검을 들었다. 조금의 위력도 담기 힘들어 보이는 얇은 날.

갑자기 밀리움이 물었다.

"그래서, 어디까지 보았더냐."

"어디까지라는 말씀은……."

"낮에 널 위협했을 적에 내가 미하일, 그 아이에게 펼쳤던 검 말이다. 너라면 보았을 터."

보통의 이들과는 다른 것을 보지 않았느냐.

밀리움은 그녀에게 그리 묻고 있었다.

"파슬로프의 아이는 그 자체로 완전한 검사다. 심지어 이미 본인에게 최선인 수련법도 익히고 있지. 하나 너는 다르다."

서서히 검을 오러가 감싸기 시작했다.

파직, 파직.

위태로워 보이는 파열음이 들려왔다.

하나, 에일렌과는 달랐다.

밀리움의 검은 결코 깨어지지 않았으며, 오러가 촘촘히 검을 감싸기 시작했다.

그리고 간단히 검을 위에서 아래로 내리그었다.

특별하다 보기 힘든 동작.

하나, 그 순간.

"아."

그녀의 검에서 오러가 줄기줄기 쏘아져 나갔다.

그건 마치, 유성과도 같았다.

"……미, 미친."

"도, 도망가!"

콰과과!

이내 오러는 낙하하며 일제히 주변을 초토화시켰다.

적들은 그대로 그 한 번의 공격에 처참하게 쓸려 나갔다.

밀리움은 검을 땅에 박아 넣고는 무심한 눈으로 그것들을 지켜봤다.

"보았더냐."

에일렌은 멍하니, 그녀가 만든 광경을 쳐다보았다.

마스터를 보는 건 처음이 아니다. 당장 그녀의 아버지인 린델 공작이 마스터가 아니던가.

하나, 직감했다.

그녀에게 맞는 검은 이거라는 것을.

이보다 더 그녀에게 적합한 가르침을 찾을 수 없으리라.

그녀는 곧바로 고개를 숙였다.

"알 것 같습니다."

그녀가 무엇을 말하려 하는지.

자신은 부족했다.

그리고 그 부족함을 채울 단서가 눈앞의 마스터에게 있다.

"가르침을 주십시오."

"좋다."

밀리움은 고요한 눈으로 그녀를 쳐다보았다.

그런데 그때.

"음……?"

그녀는 눈가를 찡그리며 아래를 내려다보았다.

"밀리움 님?"

"아래에 웃기지도 않는 장난질을 하는 놈이 있구나. 정말이지 가소롭기 그지없어."

"그게 무슨 말씀이신지……."

"네가 알 필요는 없다. 어차피 해결할 아이는 있으니, 달리 신경 쓸 필요는 없을 게야."

그녀는 그리 말하며 검집에 검을 집어넣더니 등을 돌렸다.

"따라오거라. 가르침은 당장 받아도 부족한 법이니."

"하, 하지만 아직 일이 끝나지 않았습니다. 적의 수괴는……."

"그건 걱정 마라. 말했듯이 해결할 아이가 있어."

"……미하일, 말인가요?"

"그래."

그 말과 함께 그녀는 방금 전 꺼림칙한 기운이 느껴졌던 방향을 잠시 돌아봤다.

'게다가.'

어째서일까.

'저것'과 연관되면 안 될 것 같았다.

마스터의 반열에 오른 그녀에게 두려움 따위는 없을 텐데 어째서일까.

'상관없지. 그 아이가 스스로 해결하겠다 말하였으니.'

발푸르기스의 그 아이라면 어떻게 해서든 제 말은 지키리라.

잠시, 그녀는 미하일이 했던 말을 떠올렸다.

- 시궁쥐는 제가 베겠습니다.

그렇다면 넌 내가 무얼 하길 원하느냐, 라고 그녀는 물었다.

미하일의 답은 간단했다.

- 주변을 막아 주시지요.

적지 않은 후폭풍이 주변을 덮칠 것이라는 미하일의 말.

아무리 그녀라도 그 후폭풍이 정확히 무엇을 의미하는지는 알 수 없었으나.

하나, 믿기로 했다.

'그리하기로 결정했으면, 확실히 믿어 줘야지.'

그녀는 뒷짐을 진 채로 걸음을 옮겼다.

"역시 금방 끝났군."

난 저 멀리서 보이는 오러의 빛을 보며 중얼거렸다.

변칙적인 오러는 밀리움을 정의하는 상징과도 같았다.

그중에서도 '유성'은 그 변칙적인 오러 활용의 극의.

그것으로 군단장 아래의 악마들을 초토화시키고는 했다.

한눈에 그 유성임을 알 수 있었다.

"뭐, 어쨌건."

지금 중요한 건 그게 아니지.

일행과 떨어진 난 천천히 시궁쥐의 흔적을 살폈다.

[……더 강해졌어.]

세트가 긴장한 기색으로 내게 주의를 줬다.

[조심하렴. 아무래도 그 인내심 없는 것이 결국 기생하던 제물을 먹어치운 모양이니.]

"그 말은 결국 놈이 모습을 드러냈다 이거군."

〈추악한 군주〉.

본래라면 지금 놈이 모습을 드러낼 시기는 아니다.

회귀 전, 놈은 끈질기게 시궁쥐에 붙어 숨어 있었으니.

'하긴, 그때와는 달라졌으니.'

밀리움이 놈의 의도대로 움직이지 않았고, 오히려 놈에게 검을 겨눴다.

당황하기에는 충분한 상황.

놈이 도망치려고 했다가 먹혔을 가능성은 충분히 존재한다.

그렇다면, 놈이 이 상황에서 선택할 최선은 무엇일까.

'예언가를 포기할 리는 없고.'

지금이 아니면 카산드라를 잡을 기회도 없을 터. 그 정도는 놈도 잘 알고 있겠지.

그때, 세트가 말했다.

[어쩌면 그 예언가만을 노리는 게 아닐 수도 있겠구나.]

"그런 걸 눈치챌 정도로 놈이 힘을 회복하진 못했을 텐데?"

[힘이 문제가 아니다. 놈들은 근본적으로 신을 먹어치우기 위해 존재하는 것들. 우리를 찾는 건 놈들의 본질과도 같다.]

"흐음."

[……괜찮겠니? 너, 마스터를 상대하는 과정에서 적잖게 무리를 했잖니.]

"그건 괜찮아."

어차피 온전히 나 혼자 상대할 작정으로 여기까지 온 것도 아니다.

다만, 놈이 괜한 짓을 하기 전에 끌어낼 필요성은 있겠지.

"뭐, 그럼 일단……."

그대로 주변의 마나를 탐지하자, 지하 쪽에서 불온하기 짝이 없는 기운이 느껴졌다.

아니, 그것뿐만이 아니다.

"……쯧."

[왜 그러니?]

"뭘 하고 있나 싶었는데, 딱 놈다운 짓을 하고 있군."

추악한 군주가 향한 방향은 시궁쥐가 아이들을 보관하고 있던 장소.

시궁쥐를 먹어치웠다면 당연히 놈의 기억도 흡수했을 터.

"어린아이들을 먹어치운다고 놈에게 특별히 이득이 되는 건 없어. 그런데 굳이 저쪽으로 향했다면 결론은 하나뿐이지."

[……인질이구나. 우리들이 멋대로 행동하지 못하게끔.]

"다행인 건, 아직 그보다 더 치밀하게 생각할 만큼 성장하지는 못했다는 것 정도인가."

굳이 이용할 거라면, 좀 더 치밀한 방법으로 우리를 압박하는 것도 가능했을 터.

그런데 그러지 않는다는 건, 아직 그 정도로 머리가 돌아가지는 않는 상태라는 뜻이다.

난 아래로 이동했다.

아래로 향하는 통로를 찾는 건 크게 어려운 일이 아니었다.

그 장소를 향해 다가가자 절로 얼굴이 찡그려지는 기운이 느껴졌다.

"빌어먹을."

회귀 전과는 비교도 할 수 없을 정도로 미약했으나, 분명 그 빌어먹을 마신의 기운.

[……어린아이들이 있을 공간은 아니구나. 전혀 관리되어 있지 않아.]

"놈들 입장에서는 생명이 아니라 상품에 불과하거든."

딱히 관리할 필요 없는 상품.

시궁쥐가 원한 건 단순히 독이 오른 아이들이었다.

고객들이 그런 걸 원하니까.

역겹기 짝이 없다.

하긴, 그러니 '추악한 군주'가 놈을 제물로 선택한 거겠지.

붙어 있으면 먹을 게 많으니.

'회귀 전, 놈이 결국 완전해져 7군단장으로 성장한 걸 보면 카산드라를 먹어치웠던 걸지도 모르겠군.'

놈은 먹어치운 자의 기억과 지식을 손에 넣는다.

그녀가 품은 잠재력과 지식은 무척 귀했을 것이다.

그렇게 생각하면 답은 간단.

여기서 놈을 끊어야 한다.

가장 약한 상태일 때 확실하게 없애 버려야 한다.

그렇게 얼마나 걸었을까.

긴 복도를 지나, 난 마침내 시궁쥐가 제 상품들을 보관해 뒀던 방에 도착했다.

쇠창살 너머, 아이들이 힘없이 웅크리고 있었다.

그리고 그 가운데.

「흐음.」

'시궁쥐'가 있었다.

아니, 그 표현은 옳지 않을지도 모른다.

지금 내 앞에 있는 건 그 가죽을 뒤집어썼을 뿐인 다른 존재니까.

"좀 기다렸나?"

「아, 괜찮아. 어린 것들이 몸부림치는 꼴은 꽤 볼 만했거든. 오히려 운이 좋지.」

놈은 낄낄대며 웃었다.

「재밌지 않아? 가끔 인간의 악의란 우리보다도 더한 것 같다니까. 좀 본받아야 한다는 생각도 할 때가 있어.」

"흐음."

아아, 떠오른다.

7군단장은 직접 본 적이 없으나, 마신 아래에 있던 군단장들은 죄다 이따위였지.

「난 운이 좋아.」

"……."

「'예언'의 축복을 지닌 계집애만 먹어치울 수 있을 줄 알았는데, 신물을 갓 손에 넣은 얼간이까지 있을 줄이야.」

"네가 할 말은 아닌데."

「얼간이 맞잖아. 너, 5서클이잖아? 고작 그 실력으로 혼자 여기까지 왔잖아?」

천천히 놈이 몸을 일으켰다.

「신물의 힘도 소모해서 한동안 쓰지도 못하지? 네게 유리한 건 어디에도 없어.」

그리 말하며 놈이 손을 뻗었다.

유일하게 있던 문이 그대로 새카만 어둠에 막혔다.

「덕분에, 예정보다 좀 더 빠르게 강해질 수 있겠어.」

"흐음."

뭐, 틀린 말은 아니다.

놈의 시선으로 봤을 때는 놈에게 유리한 상황처럼 보이는 건 사실이기도 하니까.

하나.

"어쩌라고."

이 새끼는 도대체 뭘 믿고 이렇게 자신만만한 거지?

난 마신을 소멸시키기 위해 수없이 많은 연구를 거듭했다.

그리고 당연히…….

「……음?」

그 '연구' 중에는 7군단장인 너에 대한 것도 있단 말이다.

4장

'뭐지?'

한순간 그것은 의문을 품었다.

어째서 눈앞의 저놈이 저리 자신만만한지 이해할 수 없었기 때문이다.

아사르의 신물 때문에?

분명 그 역겨운 존재의 신물이라면 경계할 수밖에 없기는 하다.

하나.

'이미 소모했잖아.'

본래라면 가득 들어차 있었을 신물의 기운이 미약하게밖에 느껴지지 않는다. 다시 쓸 수 있게 되려면 족히 사흘은 더 걸릴 터.

그것은 본능적으로 그 사실을 알 수 있었다.

그렇기에 혼란스러운 것이다.

도대체 뭘 믿기에 저렇게 나오는 것인지.

「허세를 부리는군.」

"그렇게 생각해도 상관없어."

미하일은 그것의 말을 가볍게 받으며 피식 웃었다.

그것은 다시 한번 확신했다.

허세가 분명하다.

아니, 설령 허세가 아니라도 딱히 상관은 없다. 어차피 자신이 무력화될 방법은 단 하나.

그 단 하나의 방법을 알지 못한다면 저놈은 무슨 수를 써도 자신을 이길 수 없다.

「상관없다…… 맞다. 맞아.」

놈이 말한 말을 그대로 돌려주며, 그것은 낄낄댔다.

「네가 뭘 하건, 쥐어뜯고 삼키면 그만인데 말이야.」

하긴 고작 인간 하나 잡는 것에 무얼 그리 고민한단 말인가.

그것은 걸음을 내디뎠다.

7군단장, 〈추악한 군주〉.

놈은 회귀 전, 밀리움과 오랜 전투 끝에 공멸했다.

숱한 전공을 세워 '검제후'라 불렸던 밀리움조차 7군단장과의 공멸이 최선이었다.

아니, 오히려 그조차 분전했다 봐도 좋으리라.

그 정도로 군단장이라는 존재는 강력했으며, 소멸시킬 확률이 극도로 낮았으니.

만약 놈들이 각성하기 전이었다면 다를지도 모르겠다.

완전하지 못한 군단장은 그저 조금 강한 악마밖에 되지 못하니.

하나 완전해진 놈들은 달랐다.

완전해지면 '진명'을 되찾는다.

「추악한 군주」와 같은 이명이 아니다.

놈들이 제 세계에서 불렸던 이름.

진명은 힘이 된다.

군단장급의 '힘'은 우리들의 세계에서 재앙과 같았고.

진명의 힘을 되찾은 놈들은 반신이라 할 만했으니.

하지만.

'그건 회귀 전의 이야기고.'

지금은 다르다.

놈이 각성하려면 아직 한참이나 남았고, 제대로 된 제물은 단 하나도 못 삼켰다.

그럼에도 위험한 건 사실.

놈은 그림자를 다룬다.

특히 곳곳에 그림자가 존재하는 이 지하에서 놈의 힘은 극대화된다.

「먹이도 왔겠다. 어린 것들은 더 이상 쓸모가 없겠어.」

그 말과 함께 놈이 왼쪽으로 손을 뻗었다.

그 방향에 있는 것은 어린아이들.

"〈실드〉."

까앙!

난 그대로 마법을 펼쳐 그것을 막았다.

「호오, 막아?」

놈이 히죽 웃었다.

「만족스럽군. 이 어린 것들. 생각보다 더 유용한 장기말이 될 수 있겠어.」

"〈윈드 스피어〉."

3서클의 공격 마법을 시험 삼아 놈에게 날린다.

하지만 허무할 정도로 간단히 놈의 그림자에 먹혀 사라졌다.

'역시 일반적인 공격은 통하지 않는군. 밀리움에게 외곽의 수호를 부탁한 게 정답이었어.'

마신의 종복들.

특히, '군단장'이라 불리는 군주급의 대악마들은 단순한 물리력으로 승리를 장담할 수 있는 존재가 아니다.

밀리움의 도움으로 손쉽게 놈을 토벌할 가능성은 있지

만, 그 반대의 가능성도 적지 않다.

'확실히 상대하기 난해한 건 사실이란 말이지.'

물론 아무리 놈의 약점을 파악한 나라도 상대하기 쉬운 건 아니다.

지금 눈에 보이는 그림자들이 전부 놈의 무기.

그림자는 채찍이나 창이 될 수 있고, 이빨이 될 수도 있다.

그래서 무서운 것이다.

어떤 식으로 공격이 들어올지, 어떻게 대처해야 할지 정확히 감을 잡기가 쉽지 않으니까.

그때였다.

「이건 어떠냐.」

히죽 웃으며 놈이 이번에도 여지없이 아이들을 향해 그림자를 움직였다.

「나한테 먹어치우는 건 일도 아니다. 난 인간이 아니라서, 딱히 양심에 가책도 안 받고.」

"……."

「굳이 죽는다면, 너.」

놈은 날 쳐다보며 말했다.

「이것들은 너 때문에 죽게 되는 게 아닐까 싶은데.」

"할 수 있으면 해 보든가."

아무렇지도 않게 아이들을 이용하는 태도.

하지만 감정을 내비칠 생각은 없다.

오히려 그럴수록 놈은 그걸 약점으로 알고 더욱 쥐고 흔들 테니까.

난 상황을 지켜보고 있던 세트를 조용히 불렀다.

"세트."

[말하렴.]

"날 지켜 줄 필요는 없으니, 넌 저 아이들을 부탁한다."

'절대 방어'가 사라졌더라도, 폭풍은 여전히 강력한 방어력을 지닌 힘.

[그럼 넌……?]

"난 내가 어떻게든 할 테니, 신경 안 써도 돼."

[알았다.]

그녀는 곧바로 고개를 끄덕이고는 아이들에게 향했다.

「호오, 저 어린 것들을 지키겠다고 신물의 수호를 포기한 건가. 어리석군.」

놈이 손을 뻗었다.

「뭐, 나야 좋지만.」

그 순간.

키잉!

발아래 그림자에서 날카로운 가시가 튀어나왔다.

"〈블링크〉."

단거리 공간 이동 마법.

놈의 공격을 피하자마자, 바로 반격했다.

"멀티 캐스팅. 윈드 커터."

곧바로 윈드 커터가 눈앞의 그림자들을 일제히 잘라 냈다.

'방금 공격. 빠르지는 않군.'

속도, 정확성, 활용도…….

어느 쪽이건 회귀 전에 비해 확실히 약하다.

「후후, 폭풍의 수호도 없이 과연 언제까지 내 공격을 막을 수 있을까.」

시간문제라는 듯, 놈의 그림자는 날 향한 공격 속도를 더더욱 높여 갔다.

한 번만 머뭇거려도, 그대로 마법이 실패하고 사지가 찢길 수도 있는 아슬아슬한 상황.

콰과과!

놈은 틈이 날 때마다 아이들 쪽을 건드리며 날 뒤흔들려 했지만, 휩쓸리지 않았다.

'세트의 방어는 견고하니.'

그녀가 작정하고 막으면, 제아무리 놈이라도 뚫는 것은 불가능할 테니 말이다.

「빌어먹을, 도대체 뭔데 이렇게 다 피하는 건데?!」

놈이 짜증을 내며 그림자로 내게 공격을 가했지만, 그것마저도 예측하고 전부 피했다.

'속도도 파괴력도 예상보다 아래군. 역시 피하기는 어렵지 않고, 경로도 전부 보인단 말이지.'

그림자는 강력한 힘.

하나, 놈이 먹어치운 '제물'은 달랑 시궁쥐 하나다.

바꿔 말하면 지금의 놈은 딱 시궁쥐 정도로만 사고하는 게 가능하다는 것.

강력한 무기가 들려도, 그걸 휘두르는 쪽에 하자가 있으면 잘 될 것도 안 되는 법이다.

문제가 있다면…….

'마나.'

이미 놈의 공격을 피하기 위해서 절반 이상의 마나가 소모됐다.

나 역시도 길게는 못 끈다.

그렇다면.

"〈블링크〉, 〈헤이스트〉."

곧바로 놈과의 거리를 좁혔다.

그 과정에서 놈은 여러 방향에서 날 공격하며 어떻게든 빈틈을 찾으려 했다.

'여기서 승부를 봐야 한다.'

어디서건 날아오는 그림자의 특성을 생각하면, 실드는 지속적으로 소모된다.

당연히 오래 버티는 건 불가능에 가깝다.

그 순간.

"……?!"

순간, 놈의 공격이 어깨를 꿰뚫었다.

푸욱!

'빌어먹을!'

한순간 느껴지는 고통.

하지만 참는다.

비명을 지르는 대신 어떻게든 다음 마법을 곧바로 맺는다.

'오히려 이걸 기회로 삼는다!'

한순간, 내게 공격이 직격한 것을 보며 놈의 얼굴에 환희가 찬 때를 노려서……!

'됐다!'

순간적으로 놈이 세운 그림자의 장벽을 넘었다.

이제 정말 코앞이다.

「하.」

놈이 웃음을 내뱉더니 팔을 뻗었다.

「거리를 좁히면 뭐 어떻게 될 거라 생각했나?」

한번 발을 내디딘 순간, 아래에 준비되어 있던 그림자가 그대로 발을 빨아들이려 했다.

그 순간.

"〈멀티 캐스팅〉."

미리 발동시켜 놨던 두 마법, 〈블링크〉와 〈헤이스트〉에 멀티 캐스팅을 부여했다.

각각 3중첩.

한순간에 내 몸이 공간을 넘어 세 번을 도약했다. 그리고 순식간에 놈의 코앞까지 도달했다.

「음……?!」

그리고 그 시점에서.

「하, 하! 마법사가, 자청해서 거리를 좁힌다고? 이건 또 재밌게 됐는데!」

놈을 감싸고 있던 그림자들이 일제히 수십의 창이 되어 날 향해 쏘아졌다.

[미하일!]

세트가 비명을 질렀다.

그녀가 보기엔 내가 자청해서 사지로 몸을 던진 것처럼 보일지도 모르지.

하지만.

"됐다."

「……?!」

난 오히려 웃었다.

그 웃음에 놈의 표정이 구겨졌다.

「……웃어?」

코앞.

놈의 가시를 헤치고 얼마 남지도 않은 마나를 전부 오른손에 때려 박은 뒤, 놈의 얼굴을 움켜쥐었다.

그리고 준비해 둔 걸 외웠다.

"〈선하라. 베풀어라.〉."

추도문.

그 순간, 무언가를 느낀 것인지 놈이 식겁하며 소리쳤다.

「아, 안 돼!」

하지만 코앞까지 다가온 가시를 유지되던 실드가 막는다.

쨍그랑!

날카로운 소리와 함께 실드가 더 이상 버티지 못하고 깨져 나갔다.

하지만 상관없다.

이대로 놈을 속박할 주문은 이미 내 입에서 나오고 있으니.

"〈오랜 친절을 기억하라. 지나간 이들의 그림자는 짧지만, 그들이 쌓은 발자국은 길며 또 영원하니…….〉."

「자선의 추도문? 한낱 인간이 어떻게……!」

자선의 추도문.

아주 오래전 잊힌 문구.

마신이 세계를 침범했던 적은 이번이 처음이 아니다.

강도는 약했을지언정, 마신은 언제나 이 세계에 눈독을 들였다.

그럴 때마다 용사가 있었다.

용사는 각 시대마다 자신의 적수를 상대해 무찔렀다.

무찌른 뒤에는 자신의 생을 엮어, 간악한 적을 속박할

‘추도문’을 세웠으니…….

‘추도문은 놈의 영혼 그 자체에 새겨 넣는 것.’

반드시, 닿아야 한다.

회귀 전, 나는 필사적으로 군단장을 소멸시킬 방법을 찾았다.

설령 7군단장이 이미 검제후에 의해 소멸했을지라도, 같은 상황이 또 벌어지지 않으리란 법은 없다.

안 좋은 쪽으로도 얼마든지 많은 가능성이 존재했다.

그리고 마침내 찾아냈다.

놈들을 옭아맬 추도문.

놈들이 이름을 되찾고, 완성된 시점에서는 어찌할 방법이 없었기에 추도문조차 쓸 기회가 없었지만 지금은 다르다.

“아직 너, 이름을 못 찾았지?”

「……?!」

“군단장으로서의 명예도 없고, 우리 세계의 억제력을 무시할 만큼 강하지도 못해.”

추도문은 영혼을 속박한다.

죽은 이를 향한 문장.

요컨대, 놈이 애써 가지고 있는 이 세계의 억제력에 대한 면역 체계를 완전히 무너뜨린다.

「감, 히……!」

그 시점에서 놈은 다른 방법을 쓸 겨를이 없었다.

그대로 그림자가 지하를 가득 채우더니 날 향해 쏘아졌다.

하나.

"내가 왜 거리를 좁혔겠냐."

「……?!」

당연히, 네가 이렇게 최후의 발악을 할 때 안전지대를 선점하기 위해서지.

놈에게서 네 발자국 정도.

〈추악한 군주〉는 스스로를 해하지 못한다.

해할 필요도 없었지만, 그러지도 못하는 것.

"됐다."

그대로 당황한 기색이 가득한 놈의 머리를 움켜쥐었다.

"넌 여기서 퇴장해라."

그 말과 함께 추도문의 끝을 입에 담았다.

놈이 그리도 소중히 여기는 이름을 영원히 찾지 못하게끔.

"추악한 군주, 바알제붑."

놈이 아니라 내가 직접 그 이름을 담는다.

단순히 이름을 담는다면 그건 오히려 놈에게 좋은 꼴이지만, 그게 '추도문'의 마침표가 된다면 이야기가 달라진다.

요컨대, 놈이 그리도 되찾기를 바라던 '이름'이 놈의 숨통을 끊을 마지막 수가 되는 것이다.

그 순간.

콰직.

시궁쥐의 몸을 온통 감싸고 있던 놈의 껍질이 스러졌다.

「어, 어떻게 네가……!」

파들파들 떨며 믿을 수 없다는 듯.

「네가, 내 이름을 어떻게……?!」

“알 필요 없어.”

이미 한번 너희들에게 패배한 미래에서 왔다고.

그 때의 처절한 발악이 여기서 결실을 맺었다고는 말할 수 없다.

그럴 생각도 없고.

“이만 가라.”

그 말과 함께, 난 마지막 문장을 외웠다.

“〈자선하라.〉.”

「뭐야.」

바알제붑의 몸이 완전히 사라지고 있었다.

당연하다.

제대로 이름을 되찾기도 전에 면역 체계가 무너졌으니, 더 이상 이 세계의 억제력을 버티기는 힘들게 되었을 테니.

「너…… 넌, 도대체……?」

“이만 가라.”

더 할 말은 없었다.

어차피 놈이 뭐라 말하건 더 이상은 내게 영향을 미치지 못한다.

이미 놈은 억제력에 저항할 힘이 남아 있지 않으니.

「어떻게, 이 시대에 '추도문'을 아는 존재가……! 전부 끝장냈을 텐데, 어떻게……!」

"그건 네 생각이고."

「개소리!」

놈은 으르렁거리며 사라져 가는 그 마지막 순간까지 날 노려보고 있었다.

놈은 도발하듯 내게 소리쳤다.

「멍청한 놈! 날 소멸시킨다고 전부 끝날 것 같나?」

"어, 끝날 거 같은데."

「하, 아무것도 모르는군. 악마 군단장의 소멸은 파멸을 부른다. 넌 지금 섣부른 판단으로 이 일대에 재앙을 부른 거나 마찬가지다!」

'재앙이라.'

확실히 그런 게 있긴 하지.

놈들은 '마신'을 모시는 괴물들답게 마지막도 결코 곱게 가지 않았다.

그중에서 유독 바알제붑의 경우는 그 피해가 컸다.

이유는 간단하다.

처음이었기에 대비하지 못했기 때문이다.

놈은 소멸함과 동시에 적지 않은 반경의 땅을 초토화시켰다.

같은 상황이 되풀이된다면, 수도는 감당할 수 없는 피해를 입게 되겠지.

회귀 전, 한 번 당한 후에는 미리 9서클의 방어 마법을 준비해두는 것으로 문제를 해결할 수 있었지만, 지금 상황에서는 그게 힘들 터.

하나.

"해 보든가."

「……뭐?」

"아니, 어차피 네가 소멸하면 발동되는 거니까 멈출 수도 없겠네. 기다리면 되나?"

「너…… 내가 허세를 부린다고 생각하는 거군.」

"그건 아니고."

지금 놈의 말이 허세가 아니라는 건 내가 가장 잘 안다.

하지만 어쩌라는 건지.

"군주급 대악마의 저주에 대해서 알고 있을 뿐이다. 어차피 '해석'만 가능하다면 저주를 해주하는 건 어려운 일도 아니니."

「어, 어떻게……!」

"그럼 이제 더 볼일도 없군."

놈의 얼굴이 처참하게 일그러졌다.
난 그대로 놈을 쥐고 있던 손에 힘을 주었다.
웃기지도 않는 말은 이제 들을 만큼 들었다.
더 들을 필요는 없겠지.
「자, 잠깐! 아, 안 된다! 협상, 협상을……!」
"꺼져."
그 말과 함께, 난 스러져 가는 놈을 쥔 손에 힘을 주었다.
콰직.
마신 7군단장, 바알제붑의 끝은 생각보다 꽤 허무했다.

[……소멸?]
잠시 아이들을 돌보느라, 정신이 없었던 세트가 돌아왔다.
그녀는 멍하니 바알제붑이 있던 자리를 쳐다보더니, 다시 한번 내 쪽을 쳐다봤다.
[자, 잠깐, 미하일. 지금 저게 소멸했다고 했니?! 소멸한 뒤의 후폭풍은……!]
콰아아!
그녀의 말이 끝나기 무섭게 놈이 있던 자리에서 불길하기 짝이 없는 기운이 터져 나왔다.
"쯧, 하여간 악마 놈들은 가도 곱게 가지를 않는다니까."

세트는 입을 벌린 채, 어디 머저리라도 보는 표정으로 날 쳐다봤다.

난 어깨를 으쓱거리며 물었다.

“아이들은?”

[그 아이들은 괜찮아…… 가 아니지! 지금 중요한 건 그게 아니잖아! 설마 아무 준비도 없이 놈을 소멸시킨 거니?!]

그녀는 당황한 표정이었다.

하긴, 군주급 대악마가 소멸한 뒤의 후폭풍을 그녀가 모를 리가 없다.

그녀는 아주 오래전, 악마들과 질릴 정도로 맞서 싸웠던 최초의 존재 중 하나니까.

하지만.

“그럴 리가.”

설마하니 내가 아무 계획도 없이 놈을 소멸시켰을까.

‘10퍼센트 정도 남았나.’

대충 5서클의 마법 한 번 정도는 쓸 수 있는 양이 남았다.

[군주급의 악마의 소멸은 커다란 재앙을 불러! 8서클 정도가 아니고서야 이런 걸 파훼할 방법은…….]

“그거야 해석 못하고 무식하게 해주했을 때의 이야기고.”

[……음?]

난 곧바로 바알제붑의 마지막 저주를 해석하기 위해 바닥에 술식을 새기기 시작했다.

[술식……?]

"저주는 굳이 넓게 보자면 마법의 갈래 중 하나라고도 볼 수 있단 말이지."

그렇다면 마법이 현실에서 힘을 발휘하고, 드러낼 수 있는 근원은 무엇인가.

바로 규칙과 공식.

간단한 주문을 외우더라도, 그 주문이 현실에 영향을 미치기 위한 공식이 필요하다.

수학에서 문제를 계산하여 정답에 도달하는 것처럼, 마법 역시 발휘되기 위해서는 그러한 과정이 수반되는 것이다.

그렇다면 그 일련의 과정을 '반대로' 접근한다면 어떨까.

간단하다.

그렇게 되면, 마법은 '처음'의 상태로 돌아가게 된다.

설령 그 사이에 사소한 변수가 끼어든다 할지라도, 본래의 힘에 비해 약화되기도 한다.

[하, 하지만 군주급 정도 된다면 네가 말한 그 '일반적인 마법'과는 다르단다. 아무리 네가 뛰어난 재능을 지녔다고 해도 악마들의 기운을…….]

"난 이게 있잖아."

난 내 목에 새겨진 문양을 툭툭 두드리며 말했다.

"유일한 마신의 대적자였고, 오랫동안 악마 군주들에 맞섰던 이들의 상징."

[그걸…… 활용한다고? 설마, 그 짧은 사이에 신물의 활용법을 그 정도로 익혔단 말이니?]

"안 될 건 없지."

내 말에 세트가 눈을 동그랗게 떴다.

난 세트에게 말했다.

"지원 좀 부탁하지. 낮에 지나치게 소모해서 혼자서 하기엔 좀 힘이 부치거든."

천천히 몸에 '폭풍'의 힘을 둘렀다.

세트는 영문을 모르겠다는 표정을 지으면서도, 상황의 위급을 알고 있기에 날 도왔다.

[……어떻게 하려고?]

"이렇게."

저주를 분석한다.

저주는 내가 방금 전 외웠던 바알제붑의 추도문과 본질적으로 같다고 볼 수 있다.

애초에 놈의 이름을 집어삼킬 정도로, 놈과 닮아 있기에 '추도문'이라 불린 것.

'폭풍으로 문자를 엮고.'

그다음은.

내 앞에서 새카맣게 꿈틀거리고 있는 저주에 손을 댔다.

분석한 공식을 차례대로 역으로 되짚기 시작한다.

[이게 무슨…….]

그 과정을 보던 그녀가 입을 벌렸다.

그 사이에도 저주는 꿈틀거리며 조금씩 줄어들더니, 희미해지기 시작했다.

눈에 띄게 저주는 약해지고 있었다.

[확실히…… 성과는 있구나.]

폭풍은 점차 강해지더니 이내 빈틈없이 저주를 감쌌다.

하지만 저주의 반항도 적지는 않았다.

우웅!

역으로 계산해서 해체하려 해도, '사소한 오차'가 해체 과정을 방해한다.

"물론 완전히 저주를 해체하는 건 무리다."

[그럼 어떻게 해야…….]

"그건 괜찮아."

저주를 완전히 없앨 수는 없어도 원래 수준보다 한참 약하게 만드는 것 정도는 가능하다.

인간의 손으로 대처할 수 있는 정도라고 해야 할까.

[무언가 따로 준비해 둔 게 있는 거니?]

"마스터."

덤으로 저 위에서 아까 전부터 대기 중이던 능구렁이.

"그녀 정도면 약화된 저주야 어렵지 않게 막아 내겠지. 난 그 사이, 확인하고 싶은 것만 확인하면 되는 거고."

[……확인하고 싶은 것?]

"그래."

그때 즈음, 폭풍이 감싸고 있던 저주가 요동치기 시작했다.

그와 동시에 폭풍이 희미해진다.

"흠, 이 정도가 최선이군."

회귀 전이었다면 완전히 해체하는 것도 가능은 했겠으나, 지금 그것까지 기대하긴 힘들고.

"뭐, 상관없지."

검은 구체의 저주가 이리저리 움직이기 시작했다.

그리고 뒤늦게 터져 나왔다.

콰아아아!

지붕을 뚫고 검은 기둥이 하늘을 향해 솟아올랐다.

하지만 직전에 보였던 것만큼의 힘은 느껴지지 않는다.

[확실히 이 정도면 그 마스터가 어찌할 수는 있겠어.]

"좋아, 그럼."

난 기둥을 향해 걸어갔다.

[자, 잠깐, 도대체 뭘 하려고?! 아무리 저주가 약화됐어도, 저주는 저주야!]

"알아. 그러니까 가야지."

다른 것도 아니고 악마의 저주를 이렇게 맨몸으로 체험할 기회는 결코 흔치 않으니.

"잠깐 갔다 온다."

[미하일?!]

세트의 비명을 뒤로하고, 난 기둥 속으로 몸을 던졌다.

콰아아아아!

검은 기둥이 하늘을 꿰뚫었다.

수도에서 평소와 같은 일상을 보내고 있던 이들은, 갑작스레 벌어진 광경 앞에 몸을 떨 수밖에 없었다.

"이, 이게 무슨……."

보통의 사람조차 저 검은 기둥이 불길하기 짝이 없다는 사실은 알 수 있었다.

전조도 없이 터진 불길한 징조.

그리고 그 가운데서…….

한 노인이 허리를 툭툭 두드리며 몸을 일으켰다.

"거참, 도련님도 노인에게 너무 과한 일을 시키신다니까."

암흑가의 중심.

그가 쳐다보는 방향에서 새카만 흑색의 기둥이 하늘을 뚫고 높게 솟아 있었다.

"아무리 생각해도 도련님의 의도대로 움직이는 것 같은데."

"어느 쪽이건 상관없지. 어쨌건 그 아이에게 나쁜 의도가 있는 것 같지는 않으니.”

그 말과 함께 뒤에서 밀리움이 검을 쥔 채 나타났다.

“아, 오셨습니까?”

아무렇지도 않은 표정으로 자신을 쳐다보는 집사를 보며, 밀리움은 짧게 혀를 찼다.

“쯧, 도대체 그간 어디에 있나 했더니 발푸르기스였나?”

“허허, 무슨 말씀이신지.”

능글맞은 표정으로 집사가 그녀의 말을 받았다.

“제가 어찌 이름 높은 마스터와 교류가 있었겠습니까.”

“그래, 그렇게 나오겠지.”

밀리움은 영 불쾌하다는 표정을 지우지 않은 채, 기둥 쪽으로 검을 겨눴다.

“그 아이가, 당신이 방법을 알고 있을 거라고 하던데.”

“뭐, 저도 도련님께 그냥 이야기만 들었던 터라…….”

집사가 눈을 빛냈다.

“흥미롭기는 하더군요.”

확실히 흥미롭다.

‘꽤 약화된 저주인데, 도대체 언제 이 정도의 지식을…….’

거의 늘 붙어 다니다시피 했던 자신조차 변화를 알지 못했다.

여전히 자신의 도련님이 그가 기억하는 ‘미하일 발푸르기스’라는 것은 확실하다.

하나, 확실히 달라졌다.

집사가 알지 못했건 아니건.

어떤 계기가 있었는지도 당장 알 수는 없었으나, 도련님에게는 많은 변화가 있었다.

게다가.

"그러고 보니, 미하일 그 아이, 너에 대한 것은 알고 있나?"

"글쎄요."

집사조차도 그건 확신할 수 없었다.

분명 무언가 눈치챈 것 같은데 어디까지 아는 건지.

"그건 우선 저것부터 해결하고 생각해 보도록 하지요."

집사가 손을 뻗어 가리켰다.

"제가 지시한 대로, 오러를 이용해 묶어 주시면 됩니다."

"옛날 생각나는군."

"그러네요."

그 말에 그녀가 피식 웃었다.

"모른다더니?"

"뭘 그리 새삼스레."

둘 사이의 대화는 짧았다.

그리고 준비라도 된 듯, 집사가 방향을 지시하자마자 밀리움이 그 방향으로 쏘아졌다.

그리고 얼마 뒤…….

수도에 잠시 소란을 일으켰던 '검은 기둥'은 흔적도 없이 소멸했다.

수도에 아무런 피해도 끼치지 않은 채 허망할 정도로 조용히.

하지만 그것만으로도 제국의 '악마'에 대한 경각심이 바뀌기에는 충분했다.

다음 날.

"허허, 수고하셨습니다."

대주교는 만면에 환한 미소를 지으며 내 손을 잡았다.

"무사히 문제도 처리했고, 그동안 괜히 교국을 무시했던 제국에도 적지 않은 경각심을 줄 수 있었으니! 하하, 이게 신의 뜻이 아니겠습니까!"

"너무 좋아하시는데요."

"아니, 뭐, 솔직히 이 정도로 일이 잘 풀릴지는 몰라서."

대주교는 해맑았다.

"지금까지 시궁쥐가 벌였던 '사업'에는 적지 않은 귀족과 졸부들이 얽혀 있더군요."

"그렇겠지요."

"단순히 '악'의 존재를 저희가 알아차리지 못한 것이라면, 분명 신전의 문제입니다. 하나, 그것에 인간의 욕망이 얽혔다면 이야기는 달라집니다."

아, 그쪽 이야기인가.

내가 전부 밝혀낸 덕에 이번 수도 시궁쥐 사태는 온전히 신전의 문제만이 아니게 됐다.

소아 성애, 노예.

제국의 폐단과 부패가 합쳐져 곪아 터진 결과물인 것이다.

"가장 중요한 건, 명분이지요."

"용사에 대한 것 말입니까."

"예, 그렇습니다. 지금까지 저희 교국에서 모집을 했어도 모두가 무시했습니다. 저희 쪽의 적극성이 부족했던 것도 사실입니다만, 그걸 감안해도 지나치게 협조가 적었지요."

"하긴 이제는 다르지요."

다른 곳도 아니고, 제국의 심장부에서 악이 도사리고 있었음이 드러났다.

제국이 무시하려 했던 '예언'이 거짓이 아님이 드러난 것이나 마찬가지다.

"뭐, 도움이 됐다면 저야 환영이지요. 다만 그 전에……."

난 본론으로 넘어갔다.

"약속은 기억하시지요?"

"예! 기억합니다."

대주교는 날 쳐다보며 말했다.

"저, 알레이는 미하일 공자를 공개적으로 지지할 것입니다. 교국에서 본격적으로 공자가 용사로서 적합한지 확인할 때 힘을 보태도록 하지요."

"좋습니다."

"다만, 그 전에……."

거기까지 말한 알레이의 웃음이 조금 줄어들었다.

그는 주변을 확인하더니, 조심스레 내게 말했다.

"사실, 현재 교국 본단에서는 이미 한 남자를 용사로 거의 점찍어 둔 상태입니다."

"……허어, 그렇습니까?"

모르는 척, 맞장구를 쳤다.

"예, 사실상 용사를 모집한다는 말은 겉치레에 불과했다는 말이지요. 성하께서는…… 생각이 다르신 모양입니다만. 하필 가장 발언권이 큰 대주교의 뜻이 워낙 확고해서."

"……그렇군요."

"전 미하일 공자를 전적으로 지지할 것입니다. 하지만…… 교국의 분위기가 그렇다는 것은 확실히 알고 계셔야 할 것 같습니다."

"명심하지요."

물론 이미 알고 있는 정보다.

이미 교국이 점찍어 둔 용사 후보가 있으며, 실제로 미래에 그자가 용사가 된다는 것.

그리고 그게 얼마나 커다란 오판인지도…….

'그렇게는 못 두지.'

그 새끼.

그래, 지금 교국이 점찍은 용사 후보는 나도 잘 아는 놈이다.

안다, 모를 리가.

회귀 전의 용사.

온갖 삽질 끝에, 결과적으로 세계를 박살 내는 데 지대한 공헌을 했던 그 새끼.

'지크프리트 시구르드.'

그래, 그 새끼다.

"고마워요."

대주교와의 대화를 끝내고 나오자마자 에일렌이 말했다.

"갑자기?"

"여기까지 왔으니 말하는 거죠. 당신은 약속을 지켰고,

확실히 당신이 약속한 보상은…… 꽤 만족스러웠거든요."

그렇겠지.

밀리움 아리아란의 검술은 그녀에게 가장 잘 맞는다.

이 세계의 그 어떤 스승을 찾아도, 그녀만 한 존재는 없을 테니.

"스승님께서 바로 떠날 거라고 하시더군요. 찾을 사람이 있다고 하시던데."

"뭐, 그렇겠지."

그녀는 뭐가 됐건, 아들을 찾는 게 먼저일 것이다.

'그러고 보니, 아직 밀리움에게 그걸 말하지 않았군.'

그녀의 아들이 정확히 어디에 있는지 또 어떤 상황인지.

이제는 알려 줄 때겠지.

"그럼 따라가야겠군. 가르침을 받기 위해서라도 그녀에게서 떠날 수는 없을 테니."

"예, 그렇겠죠."

그녀는 그렇게 대답하고는 쓴웃음을 지었다.

잠시, 할 말을 찾고 있는 듯 말이 없었다.

"너답지 않게 조용한데."

"뭐라고 해야 할까……."

그녀는 얇게 얼굴을 붉히더니, 손가락을 꼼지락거렸다.

"미안했어요."

"사과는 저번에 하지 않았나?"

"그때는 그냥, 거짓말을 했던 거에 대한 사과였고요."

그녀는 말을 이었다.

"서로의 의사와 상관없이 맺어진 약혼 관계라 했더라도, 이해할 수는 있었을 거예요. 하지만 전 그러지 않았으니……."

"뭐, 그거야."

굳이 말하자면 취향의 문제였겠지.

이 당시의 나는, 아무리 타협해도 힘들 정도로 에일렌과 맞지 않았던 것이다.

물론 따지자면 따질 수는 있을 것이다.

아무리 취향이 맞지 않아도 맺어진 약혼은 약혼.

서로가 서로 사이에 무언가, 좀 더 배려가 가능할 수 있지 않았을까 하는…….

'그런데 그렇게 따지면, 그건 내 쪽도 딱히 할 말이 없지.'

회귀 전의 나는 분명 그녀에게 애정이 있었다.

하나, 이 시절의 나는 애정을 갈구했을 뿐 상대를 배려할 생각은 하지 못했다.

그쪽이라면, 그녀가 날 멀리 할 이유론 충분했겠지.

물론 그렇다고 무조건적으로 내가 잘못했다거나 그런 말을 할 생각은 없지만.

따지자면 그렇다는 이야기.

"당신이 사과를 받아 준다면, 앞으로는 전보다는 더 나은 관계가 되었으면 하네요."

"더 나은 관계라……."

"동료라든가. 당신은 마법사니까, 옆을 지켜 줄 기사가 필요할지도 모를 일이고."

신기한 말이었다.

적어도 이런 말이 그녀의 입에서 나올 거라고는 생각지 못했다.

회귀 전에는 결코 이런 관계가 아니었으니.

재회했을 때는 이미 돌이킬 수 없게 된 후였고.

"혹시, 제 말이 이상했나요?"

"아니, 그건 아니야."

그저 같은 사람에게서 다른 반응을 보니 놀라웠던 것뿐.

"뭐, 네가 하고 싶은 대로 해."

딱히 더 이상 그녀를 강제하고 싶은 생각은 없다.

자유롭게 두는 편이 성장의 폭도 더 넓을 테고. 강해질수록 그만큼 내게 힘이 되어 주겠지.

"저번에도 말했듯 이제 난 좋은 쪽으로건, 나쁜 쪽으로건 네게 그리 감정이 없으니."

"그럴게요."

굳이 말하자면, 이제 나와 그녀 사이에는 아무것도 없다고 봐도 좋으리라.

이후에 있을 일에 따라 관계가 달라지지 않을까.

“어쨌건, 좋게 말하면 이제부터 시작이라는 거잖아요?”
“뭐, 그렇겠지.”
내 대답에 그녀는 미소와 함께 고개를 끄덕였다.
“그럼 됐어요. 기다리라고요.”
자신만만한 표정으로.
“곧, 따라잡을 테니까.”

에일렌과의 이야기가 끝난 후, 난 바로 밀리움에게 향했다.
“그래, 내 제자와 이야기는 끝마쳤느냐?”
그녀는 이미 떠날 채비를 마친 채였다.
이번 일로 교국과의 문제는 완전히 해결됐으니, 더 지체할 필요는 없겠지.
“예, 이제 약속한 대로 알려 드리지요. 당신의 아들이 지금 어디에 있는지 말입니다.”
“그래.”
그녀는 조금 긴장된 표정으로 내 말을 기다렸다.
“우선 먼저 말씀드릴 건, 카리아만은 경의 방식을 좋아하지 않았다는 겁니다. 그래서 경을 떠난 거고요.”
“……그건 알고 있다.”
“그래서 정반대의 길을 가기로 한 모양입니다. 그는 자경단이 아니라, 인정받는 수호자가 되기로 했지요.”

카리아만은 시궁쥐에게 사로잡힌 뒤 탈출했다.

하지만 반대로 생각하자면,

어떻게 어린 소년이었던 그가 시궁쥐 같은 괴물에게서 벗어날 수 있었는가.

그 답은 의외로 간단하다.

시궁쥐조차 어찌할 수 없는 세력 쪽으로 흘러 든 것이다.

"콘도르 용병단."

"……!"

내 말에 그녀의 눈이 커다랗게 뜨였다.

"콘도르라면…… 설마, 자유의 수호자! 잠깐, 그 아이가 그곳으로 들어갔다고?"

"그렇습니다."

콘도르 용병단.

그들은 '자유'를 모토로 결성된 거대 용병단이며, '정당한 수호자'로서 명성을 쌓았다.

용병단이 명예롭다 인정받는 건 쉬운 일이 아니다.

하나 콘도르 용병단은 다르다.

제국과 4왕국의 인정을 받은 합법적이며 명예로운 용병단.

그들은 어디에도 속하지 않은 채, 철저하게 중립의 입장에서 분쟁에 개입했다.

굳이 말하자면, 그들이 따르는 것은 자유였다.

당장 콘도르의 용병단장, 마일러스의 생각이 그러했다.

그 역시 밀리움과 같이 마스터에 오른 이로, 젊었을 때부터 수많은 귀족들의 부름을 받았던 자유 기사였으며, 그 무엇보다 자유를 중요시했다.

"경이라면 아시겠지요? 그들은 철저합니다. 콘도르의 일원이 된 순간, 전의 이름을 버리고 새로운 이름을 받게 되지요."

"그래서, 알지 못했던 건가."

"예, 외부와의 연은 모두 끊깁니다. 새롭게 콘도르 용병단원으로서 살아가게 되니까요."

제아무리 그녀라도 아들의 행방을 찾을 수는 없었을 것이다.

우연이었다.

카리아만이라는 소년이 시궁쥐에게 붙잡히고, 가까스로 탈출하여 누군가의 손에 구원을 받은 것.

그리고 그 과정에서 자신의 '사명'을 자각한 것조차.

회귀 전.

7군단장은 콘도르 용병단을 먹어치웠다.

하지만 그중에서, 제 '전리품'으로 하나의 시체를 남겨 놓았다.

수많은 이들이 죽어 나간 비극의 시대.

평범한 사람의 시체였다면, 별일 아니었겠지만 그게 아

니었다는 게 문제였다.

그 시체로 인해 인류에 몇 남지 않았던 마스터가 미쳐 버렸다.

'하지만 7군단장, 바알제붑은 이제 없지.'

게다가, 그녀가 조금이라도 제 아들과 빨리 재회하게 되면 많은 것이 바뀔 수 있겠지.

어쩌면, 이제 슬슬 내가 기억하는 미래와는 많은 것이 바뀌게 되었을지도 모르겠지만.

괜찮다.

"콘도르 용병단을 찾으시지요, 밀리움 경. 경의 아들은 그곳에 있습니다."

"……."

"왜 그러십니까?"

잠시, 밀리움에게서는 대답이 없었다.

내게서 아들이 있는 곳을 듣자, 오히려 더욱 고민이 늘어난 모양이었다.

"찾아가는 것이 옳을까."

"허, 그리 오랜 시간을 간절히 찾아 다녔으면서 무슨 말씀이십니까."

"그 아이가 평범히 살고 있었다면, 아니, 내 도움이 필요한 상황이었다면 마땅히 가겠다 했을 것이다. 방금 전까지도 그럴 생각이었고. 하지만……."

그녀는 재차 말을 이었다.

"네 말을 들으니, 그 아이는 길을 정했구나. 나 같은 자가 되지 않고자 하였어."

"……."

"어미 노릇도 못한 주제에 상처만 주었지. 한데, 과연 내가 그 아이를 찾을 자격이 있는지…… 모르겠구나."

그녀는 고뇌하고 있었다.

이해 못할 것은 아니다.

생각보다 이 모자간에 얽힌 사정은 꽤 복잡했으니.

하나.

"그건 만나고 확인해도 될 일이지요, 밀리움 경."

난 미래를 알고 있다.

그녀는 광인이 되었다.

차갑게 식은 아들의 몸을 안은 채, 괴로움에 미쳐 버렸다.

"우선 대화를 하시지요. 그 뒤에는 아들의 의사를 존중해도 상관없습니다. 어차피 정확히 누가 옳은지는 두 사람만이 알 수 있습니다."

"으, 음……."

"정 아들과의 골이 깊은 것 같다면 고민을 해 보면 될 일입니다. 자식이 부모를 포기할지언정, 부모는 자식을 포기할 수는 없는 법 아니겠습니까."

"……그리 생각하느냐."

그녀는 쓴웃음을 흘렸다.

"게다가, 아마 경이 필요한 일이 생길 것입니다. 그러니 일단은 가 보시지요."

아마 이전과 같이 7군단장에 의해 콘도르 용병단이 궤멸된다거나 하는 일은 없겠지만.

어쨌건, 몸을 숨기고 있는 다른 대악마들 역시도 콘도르 용병단을 노리긴 할 테니.

그녀가 콘도르 용병단에 붙어 있는 것만으로도 커다란 억제력이 될 것임이 분명하다.

"하긴, 포기할 수는 없지."

그녀는 이제 결론을 내린 듯, 고개를 끄덕였다.

"고맙구나. 덕분에 마음이 조금은 편해졌어."

"별 말씀을."

물론 어떤 식으로건 그녀는 제 아들을 찾고자 했을 것이다.

그저 다른 누군가가 확신을 주길 바랐을 뿐.

"바로 떠나실 겁니까?"

"그래야지."

난 고개를 끄덕이고는, 품속에서 뭔가를 꺼내 그녀에게 건넸다.

"……이건?"

"개인적으로 제조한 간단한 약입니다. 아마 경의 아들에게 필요한 일이 있을 테니, 보관하다 쓰시면 될 겁니다."

"흐음…… 뭐, 알았다."

그녀는 내게서 약을 받아 들고는 고개를 숙였다.

지금까지의 모습과는 조금 다른 태도로.

"고맙소, 어린 발푸르기스여."

기사로서의 예.

"그대는 내 검을 원하지는 않았으나, 여전히 그대가 지운 은혜는 남아 있으니……."

천천히 고개를 들며 그녀가 눈을 빛냈다.

"때가 되면, 돌려 드리리다."

밀리움과 에일렌은 곧바로 수도를 떠났다.

아마 훗날 그 둘과 재회할 날이 있다 해도 꽤 시간이 지나야 하리라.

"뭐, 이래저래 잘 해결된 거 같긴 한데……."

리안은 팔짱을 낀 채 영 만족스럽지 못한 표정으로 날 봤다.

"나 올 필요 있었냐?"

"그걸 이제 묻는 건가."

에일렌과 밀리움이 떠난 후, 리안은 무언가 마음에 들지 않는다는 표정이었다.

"뭔가 밀리움 경에게 한소리 들었나 보지?"

"아니, 반대다. 그분께서는 쓴소리를 하지 않으셨어."

"그게 문제였다?"

녀석이 손을 떨었다.

"생각해 봐라. 변변찮은 반항조차 못하고 압도적으로 제압당했다. 만약 그분께서 실망했다면 그건 내 스스로가 역량을 발휘하지 못했다는 소리다. 하지만 반대의 경우는……."

녀석이 억눌린 채 말했다.

"실망할 역량조차 아니었다고 말하고 싶은 거냐."

"……그래."

그런 것은 아닌 거 같지만 뭐, 녀석 스스로가 생각한다면 그런 거겠지.

애초에 이런 걸로 꺾일 녀석은 아니다.

곧 제 의욕을 되찾을 터.

난 녀석에게 무언가를 던졌다.

"받아라."

"음……?"

녀석은 어리둥절한 표정으로 받아 든 것을 보더니 말했다.

"펜던트?"

"용사 후보의 조력자라는 상징이다. 이번 일 덕분에 1차 관문은 통과했으니, 이대로 교국까지 쭉 가야지."

내 말에 녀석이 날 봤다.

"교국……? 아니, 잠깐! 분명 예언에 관해서 수도까지 가는 게 약속……!"

"그래서 안 갈 거냐."

"방금 내가 했던 말 못 들었냐? 내 스스로의 역량에 대해 의문을……!"

"그러니까 더 따라와야지."

난 피식 웃으며 말했다.

"설마, '차세대 검성'께서 그거 하나로 패배한 개처럼 꼬리 내리고 있을 셈은 아니겠지?"

"야, 이 개……."

"그럴 기운이 있으면 따라와. 네게도 도움이 될 테니."

일반적으로, 자존감이 한 번 박살이 난 사람은 자극해봤자 좋을 게 없다.

하지만 이 녀석은 다르다.

"……동행하면 싫어도 이런 상황과 부딪치게 된다?"

"그렇지."

그때, 어디서 나온 건지 집사가 허허 웃으며 다가왔다.

"도련님 말씀이 맞습니다, 공자. 공자께 꽤 도움이 될 테지요. '용사'에 도전한다는 건 그런 의미니까요."

"어디 갔다가 이제 와?"

"아, 우연히 옛 인연과 만났지 뭡니까! 대화하다 보니 어느새 시간이 지났더라고요.”

“하여간.”

능글맞기는.

“그래서 대답은?”

“빌어먹을. 네 생각대로 움직이는 것 같아서 기분이 영 좋지 않기는 한데…….”

녀석은 머리를 벅벅 긁더니, 이내 말했다.

“좋다. 내가 도움이 될 일이 있기는 할지 모르겠지만.”

“그건…….”

그때였다.

“당연한 말이지만, 필요해요.”

카산드라가 내 쪽으로 걸어오며 말했다.

“용사는 혼자서만 강해서는 할 수 없거든요. 신뢰가 쌓인 동료 역시 필요한 법이지요.”

“……그게 저고요?”

“예, 정확히 말하자면 용사가 선정이 되는 기준이 그래요. 인망 또한 심사의 영역이죠.”

그녀의 말대로였다.

카산드라가 고개를 돌려 내 쪽을 봤다.

“알레이 대주교의 지지를 얻으신 모양이군요. 그의 발안권은 적지 않으니, 미하일 님에게 꽤 도움이 될 거예요.”

“그렇겠지.”

"흠, 그래서 그런데……."

카산드라가 자신의 가슴에 손을 대며 말했다.

"저도 일단은, 좀 도움을 드릴까 하기는 하거든요?"

"도움이라면?"

"슬슬 가출한지도 꽤 됐고, 다시 복귀할 때도 됐다 싶어요."

"카, 카사?!"

그녀의 옆에 있던 성기사가 화들짝 놀라며 소리쳤다.

하지만 괜찮다는 듯 그녀를 진정시킨 뒤, 카산드라가 말했다.

"어때요. 교국에서 '예언가'의 지지라면, 상징적으로 꽤 도움이 되지 않을까 싶은데요."

5장

"성하!"

다급한 목소리로 교국 본단의 대주교가 뛰어들어 왔다.

그 어느 곳보다도 경건함을 유지해야 할 교국의 성전.

그런 곳에서, 다른 자도 아닌 대주교가 이렇게 다급한 안색을 보인다는 건 그만큼 사안이 심각하다는 뜻이었다.

"무슨 일입니까, 대주교?"

"제국 수도에서 전갈이 왔습니다!"

"말씀하세요."

"대악마, 〈추악한 군주〉가 수도에서 발견되었다고 합니다!"

"……!"

교황이 눈을 부릅떴다.

대악마라니!

몇 백 년간 세상에는 대악마는 나타나지 않았다.

그러기에 과거의 교국이 입맛대로 예언을 휘두를 수 있었던 것이고.

한데, 대악마라니?

"이, 이 무슨……!"

교황은 다급하게 물었다.

"어찌 되었습니까! 대악마의 출현이라면 수도에도 난리가 났을 터!"

"그것이……."

대주교는 믿기지 않는다는 표정으로 교황에게 말했다.

"소멸…… 되었다 합니다."

"예?"

교황은 저도 모르게 입을 벌린 채 대주교를 쳐다봤다.

"소멸이라니요. 혹시, 꽤 시간이 지났던 겁니까? 제국 수도의 전력이라면 분명 적지 않은 피가 흐를지언정, 대악마를 소멸시켰을 가능성이 없지는 않으니."

"피해는 전무합니다, 성하."

"……!"

교황도 대주교와 같은 표정을 지을 수밖에 없었다.

대주교는 땀을 삐질 흘리며, 교황에게 추가로 설명했다.

"게다가 대악마가 출현하고 소멸하기까지 하루도 채 걸리지 않았다고 합니다."

"이, 뭔……."

"수도 신전을 책임지고 있는 알레이 대주교의 증언에 의하면, 이는 전부 '한 사람'에 의한 위업이라고 하고요."

믿을 수 없는 이야기들.

이어서 교황은 대주교에게서 그가 확인한 정보를 단 하나도 빠짐없이 확인했다.

다른 이도 아니고, 대주교 중 하나인 알레이가 한 증언이니 의심할 여지도 없었다.

"그러니까……."

이야기를 전부 들은 후, 교황은 지끈거리는 이마를 누르며 대주교에게 말했다.

"간단히 말하자면, 어린 발푸르기스가 단신으로 수도에 나타난 대악마를 소멸시켰다는 거군요. 그에 관한 건, 알레이 대주교뿐만이 아니라 그 '무법의 심판자' 역시 증언했고요."

"그렇습니다."

"게다가, 카산드라 그 아이까지…… 허어……."

전부 믿기 힘든 이야기였다.

사라진 예언가, 카산드라가 수도에서 발견되었으며 한 소년에게 접근했다는 것.

또 그 소년이 대악마를 단신으로 소멸시켰다는 것.

이건, 마치…….

"……용사, 같지 않습니까."

결코 보통 일이 아니다.

그 아이의 예언을 긍정한다면, 당연히 '세계의 멸망'에 대한 사실조차 받아들여야 한다.

게다가.

"만약 그 아이가 진정 용사를 선택한 것이라면, 우리가 선택한 '후보'는 어찌해야 할지……."

"후보라면……."

"지크프리트."

교황은 눈을 질끈 감았다.

"우리가 선택하고, 오로지 '용사'로서 키워 온 아이 말입니다. 본래라면 교국을 대표하는 용사가 되어야 할 터."

"그건, 그렇지요."

지금 들은 것이 사실이라면, 제아무리 지크프리트가 뛰어난 인재라 해도 소용이 없다.

카산드라의 예언, 그리고 알레이 대주교의 지지.

무엇보다 '대악마 소멸'이라는 성과.

지크프리트가 용사로서 그보다 나은 구석이 조금도 없다.

'하지만 다른 대주교들이 이 사실을 간단히 받아들일 리가 없다.'

물론, 아직 확실한 건 없다.

진정 그 '미하일 발푸르기스'가 합당한 용사의 재목인지는, 직접 봐야 알 일.

미하일이 단순한 불청객일지.

아니면 진정 신의 선택을 받은 용사일지는 그때 확실한 수 있을 것이다.

'혼란스럽구나.'

처음부터 이럴 예정이었다는 듯 완전히 꼬여 버린 교국의 계획.

교황은 습관적으로 마음속에서 간절히 신에게 청했다.

'현명한 헤카우시여.'

하나 언제나 그러하듯, 돌아오는 대답은 없었다.

오래전, 지나친 교국의 오만으로 신은 그들을 떠났기에.

결국, 앞으로의 일은 온전히 그들의 몫인 셈이었다.

수도의 일이 일어난 뒤, 사흘이라는 시간이 흘렀다.

길다 할 수는 없지만, 그간 있었던 일로 소모된 몸을 회복시키기에는 충분한 시간이다.

[흠, 절대 방어도 전부 채워졌고 네 몸도 다시 좀 사람 같아지기는 했구나.]

"그러게 말이야."

좀 불만인 점이 있다면, 여전히 기본 서클은 5서클에서 벗어나지 못했다는 건데…….

'아무래도 조만간 6서클을 만들 필요가 있긴 하겠군.'

최소한 '폭풍'을 이용한 고위 서클 생성으로 8서클을 쓸 수 있게 할 필요가 있다.

현재 숨어 있는 미래의 악마 군단장들이 전부 '추악한 군주'같이 나약하지는 않으니.

그때, 세트가 날 보며 말했다.

[사실 며칠 전부터 묻고 싶었던 거긴 하다만, 너…… 도대체 정체가 뭐니?]

"갑자기 무슨 말이야."

[갑자기가 아니란다. 쭉 너에 대한 의구심은 품고 있었으니. 네가 수상하다는 게 아냐. 애초에 그랬으면 신물을 받아들이지도 못했을 것이고. 다만…….]

세트는 신묘한 눈으로 날 응시하며 말을 이었다.

[네 지식과 능력. 그 근원이 무엇인지를 알고 싶은 거야.]

"흐음."

[난 너에 대해 잘 알지 못한단다. 그저 네가 신물을 이어받을 자격을 충족했으며, 마신에 맞설 의지가 있음을 확인했을 뿐……. 하지만 내가 너를 믿는 만큼, 무언가 알고 있는 것도 있어야 하지 않겠니.]

그녀의 말은 타당했다.

신뢰란 결국 아는 것에서 출발하는 법이다.

처음부터 무조건적인 신뢰란 존재할 수 없는 법.

하나.

'그렇다고 회귀에 대한 것을 밝힐 수도 없는 노릇이고.'

이건 신뢰의 문제가 아니다.

어떤 식으로건, 나 이외의 다른 존재가 알아봤자 좋을 것이 없음을 알기 때문이다.

설령 세트가 내 진실을 알고, 그걸 유출할 의도가 없다 한들 세상일은 모르는 법이다.

가능성이 0.1퍼센트라도 있는 한, 뭐든 간에 조심하는 게 좋으니.

잠시 어떤 식으로 둘러대는 편이 좋을까 고민하던 난 이내 제법 괜찮은 결론에 도달했다.

'그래, 그게 있었군.'

당장 그녀를 설득시키기에는 이것보다 좋은 게 없다.

"아사르의 무덤을 관리하고 있는 건, 너뿐만이 아니지."

[그건…… 그렇지? 하지만 넌 내가 처음이잖니. 다른 관리자와 마주치진 않았을 텐데.]

"하나, 예외가 있잖아."

[…… 예외?]

고개를 갸웃거리던 세트가 갑자기 눈을 커다랗게 떴다.

[잠깐, 설마……!]

"토트(Thoth)의 기록."

[자, 잠깐, 그 글쟁이의 기록이 아직도 현실에 남아 있었다고?! 그걸 흡수한 게 너였다 이거니?!]

"그래."

거짓말은 하지 않았다.

회귀 전, 실제로 난 그 '토트'의 기록을 흡수했으니까.

기록의 토트.

세트와 같은 '아사르의 무덤'의 관리자로서, 그는 온갖 종류의 지식과 기록을 담당했다.

덤으로.

그는 회귀 전, 몇 안 되게 우리가 완전히 공략에 성공했던 무덤의 관리자이기도 했고.

어쨌건, 토트의 경우는 특이하게도 외부에 유출된 기록이 있었다.

그것이 바로 토트의 기록이다.

"알 텐데? '추도문'에 대해 아는 건 여러 관리자들 중에서도 그 토트뿐이라는 걸."

[그, 그건 그렇지. 그렇게 생각하면 내가 그리 쉽게 무덤을 공략한 거나, 폭넓은 지식이 좀 납득이 가긴 하는데……]

세트는 당황한 기색이 역력한 표정으로 날 보며 말했다.

[……너, 정말 터무니없는 기연을 얻었구나.]

"내가 좀 운이 좋아."

그 개고생을 하고 회귀라는 진기한 경험까지 했으니, 확실히 운이 좋다고 할 수는 있겠지.

[흐음, 뭐, 그래. 토트의 기록이 네게 흡수됐다면 그럴만도 하지. 그렇다고 하면 당연히 다음 무덤의 정보도 알겠구나?]

"일단은."

현재 내 목표는 크게 둘이다.

첫 번째, 신물의 확보.

가능한 많은 신물을 수집하고 그 힘을 터득할수록 '그날'에 대비할 여력이 생겨난다.

그리고 두 번째, 용사의 자리.

이쪽은 정말 내가 용사가 될 필요가 있다기보다는, '그 새끼'가 되서는 안 된다는 것에 가깝다.

하지만 내가 용사를 맡지 않는다면 반드시 놈이 용사가 될 수밖에 없기에 내가 용사가 되려는 것이다.

"일단 지금 시점에서 최우선 과제는 내가 용사가 되는 거다. 무덤에 관한 건…… 교국 쪽에 하나가 숨어 있으니 겸사겸사 도전하면 될 일이고."

[흐음, 나쁘지 않네.]

세트는 납득한 듯 고개를 끄덕였다.

[토트의 기록이 네게 간 게 다행이야. 이렇게 계획적으로 움직인다면, 확실히 우려했던 일이 벌어지지는 않겠어.]

“그러고 보니, 그 기록에서도 확인하지 못한 게 있는데.”

회귀 전, 예상치 못한 상황 때문에 해소하지 못한 의문이 하나 있었다.

세트라면, 알지도 모를 일.

“현재, 우리가 신으로 받들고 있는 존재는 뭐지?”

[……음?]

“세계 곳곳에 퍼진 무덤이 옛 신, 아사르의 것이라는 건 안다. 오래전, 그 옛 신이 마신을 억제했다는 것도 알고 있고.”

현재 대륙에서 인정받은 신은 현명한 자, 헤카우다.

유일한 여신.

실제로 회귀 전, 아사르의 무덤이 발견되기 전까지만 해도 신적 존재란 헤카우가 유일하다 알려져 있었고.

“본래 신은 둘이었던 건가? 아사르가 그리도 위대했다면, 어째서 지금은 전해지지 않지?”

[…….]

세트는 침묵했다.

하지만 잠시 후, 그녀는 힘겹게 입을 열었다.

[지금 시점에서 내가 말해 줄 수 있는 정보는 한정적이란다. 그러니 네게 많은 것을 알려 줄 수는 없어.]

“그러냐.”

[내가 지금 네가 알려 줄 수 있는 정보라면…… 그래, 현

인류가 모시고 있는 신도, 위대한 아사르께서도…… 딱히 잘못된 것은 아니라는 것 정도일까.]

그녀는 말을 이었다.

[계기는, 불행한 사고였지.]

딱 거기까지 말한 뒤, 그녀는 더 말하지 않았다.

다시는 그 사고를 생각하고 싶지 않다는 듯 질색하는 표정을 한 채.

'즉, 세트는 헤카우에 관한 것도 알고 있다는 뜻이군.'

심지어 그녀의 존재도 긍정하고 있다.

그녀가 모셨던 '아사르'뿐만이 아니라.

"신물을 전부 모으면 어찌 될지, 그런 것도 비밀인가?"

[현재로서는.]

하긴.

회귀 전, 토트가 필요 이상의 정보를 전하지 않았던 것도 바로 그런 이유 때문이었다.

이상한 일은 아니지.

"뭐, 알았다."

지금은 이 정도로도 충분하다.

적어도, 지금은.

“바로 교국으로 갈 거냐? 용사가 되려고 한다면 어쨌건 가능한 빠르게 일을 처리하는 편이 좋을 거 같은데.”

“뭐, 그렇기는 하지.”

계획대로 용사가 된다면, 공식적으로 교국의 지원을 받을 수 있게 된다.

당연히 계획을 이루는 것에도 적지 않은 도움이 되겠지.

하지만 그건 지금 기준이다.

“네 말도 맞기는 하지만, 일단은 조금 더 머물 예정이다.”

“이유는?”

“이번에 내가 소멸시킨 놈은 결코 일반적인 놈이 아니야. 다른 놈도 아니고 대악마. 본래라면 수도도 최소 반절은 파괴될 각오를 하고 맞섰어야 할 적이란 소리지.”

“흐음, 그래서?”

“조용한 듯 보이지만, 교국은 물론이고 황실…… 제국 전역에 이 소식이 안 퍼졌을 리가 없다.”

아마 지금 이 순간에도 꽤 적지 않은 이야기가 곳곳에서 오가고 있을 것이다.

예언에 관한 진위 여부.

나에 대한 것.

앞으로 나타날지도 모르는 다른 대악마들의 위협…….

여러 가능성이 생겼다.

지금은 조용하지만, 이제 그것도 곧 아니게 되리라.

"그리고 추가로, 내 아버지에게도 소식이 전해졌겠지."

"아버지라면…… 그, 발푸르기스 후작 각하 말이냐?"

"어, 맞아. 말했잖아."

난 다리로 가볍게 바닥을 쳐 대며 말을 이었다.

"이거, 말 안하고 온 거라고."

"……."

"지금까지 아버지는 아무것도 모르고, 그냥 얘가 취미로 여행을 다니는구나 싶으셨을 거란 말이지."

보통의 아버지들은 아들이 뭐 하는지 궁금해 하겠지만, 우리 아버지는 다르다.

그런 건 깊게 생각하지 않는다.

게다가, 집사에게 부탁해 한동안 아버지에게 의도적으로 소식을 전하지도 않았었고.

"어, 음……."

딱 내가 거기까지 말한 시점에서 리안은 쥐고 있던 검을 집어넣고는 식은땀을 흘렸다.

지금 내가 한 말이 어떤 의미인지 본능적으로 깨달은 것이리라.

"……다른 사람도 아니고, 그분께서 그 사실을 '지금' 아셨다는 말이지?"

"그래."

"내가 그, 잘 알지는 못해도, 들었던 그분 성격이라면 가만히 계실 리가 없을 텐데."

"잘 아네."

"야, 이 새끼야!"

리안이 머리를 벅벅 긁으며 소리쳤다.

"네 아버지기 이전에 제국 최강의 대마도사고, 대가문의 주인이야. 미친놈아!"

"그렇겠지?"

"그렇겠지…… 가 아니라, 그런 거라고! 게다가, 그럼 그 사이에 끼인 나는 뭐가 되냐?! 안 되겠다. 지금 당장이라도 어디 다른 곳으로 피신을 해야……."

"늦었어."

난 허둥대는 녀석을 보며 피식 웃고는 마법을 외웠다.

"〈멀티 캐스팅〉, 〈실드〉."

그때였다.

쿠웅.

마법이 끝나기가 무섭게, 하늘에서 우레 소리가 들리더니.

콰광!

벼락이 날 향해 내리쳤다.

그 순간, 애써 멀티 캐스팅으로 생성해 놨던 실드가 일제히 와장창 깨져 나갔다.

"아들한테 너무하시네."

벼락이 가까스로 멈춘 건, 딱 실드가 한 장 남았을 즈음.

……뭐, 그래도 주변이 초토화 되는 건 막을 수 없었지만.

'완전히 막긴 힘들었나.'

그것으로도 부족했는지, 하늘을 향해 뻗은 손은 아까 전부터 잔 경련이 일고 있었다.

리안이 식겁하며 소리쳤다.

"뭐, 뭐야, 시발!"

"뭐긴 뭐야. 마법사식 인사지."

이름하야,

발푸르기스 식 인사.

난 얼얼한 손을 털며 마법이 튀어나온 방향으로 고개를 돌렸다.

흉흉한 안광을 번뜩이며, 흙먼지를 뚫고 오는 한 중년인.

난 그를 향해 한 점의 사심도 없이 웃었다.

"오셨습니까, 아버지!"

"X 까거라, 아들아."

아이단 발푸르기스.

위대한 대마도사께서 아들을 향해 중지를 치켜드셨다.

‘준비해야 할 것이 많겠군.’

알레이 대주교는 차를 홀짝이며 앞으로의 일을 생각했다.

용사의 선정.

“설마하니, 내가 용사의 선정에 적극적으로 개입하게 될 줄이야.”

이전까지 ‘용사’란 단순한 명예직 정도로만 존재했다.

용사는 교국 대주교들의 합의에 의해 선출되기 마련이지만, 이제는 그조차 희미해졌다.

당장 자신 또한 대주교임에도 이번 선정에 무효표를 던질 생각이 아니었던가.

그래, 이번 일만 아니었다면.

그는 교국의 알력 다툼을 그리 좋아하지 않았다.

당연히 그 알력 다툼의 정점에 있는 용사 선정에도 관심을 가지지 않으려고 했고.

‘하나 대악마가 발견된 이상, 이대로 침묵하고 있을 수도 없는 노릇.’

심지어 그 대악마를 보란 듯이 소멸시킨 이가 존재한다.

미하일 발푸르기스.

이를 용사로 삼지 않으면 누구를 용사로 삼는단 말인가.

물론 어린 발푸르기스의 소문은 그리 좋지 않은 것은 사실.

하나, 그는 소문보다는 자신의 눈을 믿었다.

그는 미하일에게서 확고한 믿음을 보았다.

결코 흔들리지 않을 신념.

교국에서 전해진 그 예언이 사실이라면, 필요한 건 내세울 상징성 따위가 아니다.

진정 마신을 타도하고 그 힘으로 인류를 수호할 '진짜'가 필요한 것이다.

거기까지 생각한 그의 얼굴에 주름이 졌다.

"……그리 생각하면 그 늙은이들과 또 신경전을 벌여야 한다는 건데, 고생 좀 하겠군."

교국의 대주교들.

대체로 본바탕이 나쁜 사람들이 아니지만, 지나치게 머리가 굳은 게 문제다.

"우선은 미하일 경과 좀 이야기를 해 봐야……."

그는 그렇게 중얼거리며 몸을 일으켰다.

향후 계획을 위해서라도 다시 자세한 이야기를 나눌 필요가 있으니.

콰앙!

"……?!"

그런데 그때, 신전에 굉음이 울렸다.

그는 다급하게 몸을 일으켰다.

'이게 무슨……?!'

"대, 대주교님!"

다급하게 신전의 사제가 그가 있던 곳으로 뛰어왔다.

"무슨 일입니까!"

"지, 지금 신전 앞에서……!"

"말씀하세요! 혹시, 다른 악마의 침입입니까? 아니, 설마 수도 한복판에서 그럴 리가……."

"아, 아닙니다!"

사제는 새파랗게 질린 얼굴로 소리쳤다.

"바, 발푸르기스 후작 각하께서 미하일 경에게 마법을 난사하고 있습니다!"

"……예?"

전혀 예상치 못한 이름에 알레이 대주교의 얼굴이 굳었다.

콰광! 콰과광!

온갖 마법이 현란하게 펼쳐지며 내게 쏘아졌다.

살상력은 없지만 일단 적중하면 못해도 일주일은 침대 신세를 져야 할 마법들.

'3~4서클 정도인가.'

수도에는 일정 경지 이상의 마법을 사용할 시, 그 영창을 억제하는 결계가 작동하고 있다.

'난 그 영향을 받지 않지만.'

애초에 내가 익힌 자율 순환식의 특이성과 신물의 존재.

이 둘 덕에 난 결계의 영향력에서 벗어난 상태다.

당장 내가 며칠 전, 밀리움을 상대로 7서클의 마법을 쓸 수 있었던 것도 바로 그런 이유였고.

하지만 아버지는 다르다.

굳이 무리를 한다면 수도의 결계를 무시하는 것도 가능하겠지만 그럴 이유는 없으니.

'그냥 저서클의 마법들로 날 두들길 셈이시군.'

그래도 아버지의 공격은 여전히 위협적이다.

애초에 8서클이라는 경지가 아무나 도달할 수 있는 것도 아니고.

"쯧, 결계만 아니었어도."

"설마, 결계만 아니면 뭐 어디 8서클의 마법이라도 동원하실 셈이었습니까?"

"농담 같더냐."

아버지는 그렇게 말하며 가볍게 손을 놀려 재차 다음 마법을 쏘았다.

8서클의 대마도사.

마법의 숙련도, 경험, 지식.

모든 면에서 최고 수준이다.

'대부분이 두들기기 좋은 볼트 류의 마법인 것도 그렇고.'

철저하게 내 몸을 상하지 않게, 노련하게 패겠다는 의지가 느껴지는 마법들.

'역시 아버지야!'

이렇게 쓸데없는 용도로 마법을 연구할 수 있다니. 참으로 동경할 만한 사람이다.

내 눈빛을 본 아버지가 눈가를 꿈틀거리더니 말했다.

"눈빛이 영 불손한데."

"아니, 존경하고 있는데요."

"허, 주둥이만 살아서는."

동시에 아버지의 스태프에서 여러 볼트 마법이 쏘아졌다.

내가 매직 미사일을 조작하는 것과 근본적으로 닮아 있다.

'하긴, 당연한 건가.'

내 마법 숙련도는 다름 아닌, 아버지를 롤 모델로 해서 발전시킨 거니까.

하지만 또 내가 누구인가.

나 역시 이미 9서클까지 도달했던 천재.

아버지의 마법 좌표를 계산하고 그대로 블링크를 영창했다.

슈욱!

현란한 각도로 움직이며, 날 노리던 볼트는 이내 방향을 잃고 그대로 공중에서 소멸했다.

그것을 본 아버지의 눈에 이채가 흘렀다.

"지금, 내 좌표를 읽고 그걸 이용해 역으로 피한 게냐?"

"그렇습니다."

"허, 3서클도 제대로 못 맺어서 빌빌거리던 녀석이 언제 이런 기술을……."

아버지는 재차 마법을 맺어 날 향해 날렸지만, 난 그때마다 전부 마법을 피했다.

"지금 보니, 그새 5서클에 도달했구나. 아예 마법 수련을 안 한 것도 아닌 듯한데."

"아예 안 한 게 아니라, 이 정도면 꽤 빠른 속도인데요."

"그래서 더 괘씸하다."

아버지는 혀를 차며 곧바로 다음 마법을 영창했다.

"그런 가능성을 지닌 놈이 멋대로 이런 일을 벌여?"

"〈실드〉."

아버지의 마법을 내 실드가 튕겨 냈다.

하지만 그걸로 끝나지 않았다.

튕겨진 마법은 두 갈래로 이어지더니 내 등을 노렸다.

하나.

[이건 내가 막을게!]

그대로 개입한 세트가 폭풍으로 마법을 소멸시켰다.

"호오."

아버지는 재미있다는 듯 폭풍이 몰아쳤던 쪽을 쳐다봤다.

"일단 제 말부터 들어 보시죠."

"무슨 말 말이냐."

난 곧바로 말을 이었다.

"지금 아버지가 화를 내시는 이유는 알고 있습니다. 제가 독단적으로 움직인 것 때문에 그런 거잖습니까."

"잘 아는 놈이 그래?"

아버지는 더 듣지 않겠다는 듯 내 쪽으로 손을 뻗었다.

하늘을 갖가지 마법이 빼곡하게 채웠다.

최소한 한 달 정도는 아예 거동도 못하게끔 만들겠다는 의지가 느껴졌다.

그리고 수식이 완성되고 그 마법들이 내게 쏟아지기 전, 난 먼저 선수를 쳤다.

"이번 대의 용사는 다릅니다."

"……!"

내 말에 아버지가 마법을 멈췄다.

그러고는 얼토당토 않는 소리를 들었다는 듯 얼굴을 찡그렸다.

"그게 무슨 소리냐?"

"제가 별 이득도 없는 용사 자리에 혹해 이 짓을 벌인다고 생각하고 계시는 거 아닙니까?"

"부정은 안 하겠다."

아버지는 한심한 듯 혀를 차고는 말을 이었다.

"생각 좀 하거라, 미련한 놈아! 용사라는 자리가 무엇이냐. 교국의 꼭두각시가 아니더냐."

"지금까지는 그랬지요."

"지금까지? 허, 교국이 그 삽질을 하고 시간이 얼마나 지났더냐. 예언? 설마, 지금 그걸 믿고 이러는 게냐."

"아닙니다."

난 아버지를 똑바로 쳐다봤다.

이제 본론으로 들어갈 때.

"혹시, 대악마가 출현했다는 말은 들으셨습니까."

"그런 말을 듣기는 했다."

아버지는 피식 웃었다.

"하나, 그게 중요하더냐. 주목을 일으키기 위한 교국의 선전은 꽤 흔하다. 굳이 이번의 일이 아니라도 말이야."

"선전이 아니라면요?"

"……흠?"

"교국의 선전이 아니라, 진정 수도에 대악마가 출현했던 것이라면 어찌하시겠습니까."

내 말에 아버지의 표정이 달라졌다.

"……자세히 말해 보거라."

잠시 후,

내 설명을 전부 들은 아버지의 표정은 굳어져 있었다.

"단순한 악마도 아니고 군주 급의 대악마, 추악한 군주가 나타났다는 게냐."

"그렇습니다. 역시 자세한 상황은 아직 듣지 않으셨군요."

"듣기는 했다. 아직 신용할 단계는 아니라 여겼을 뿐. 수도의 상황을 보고, 역시 단순한 교국의 선전이라 판단했건만……."

아버지는 얼굴을 찡그렸다.

"뭔가, 착오가 있었던가?"

"착오는 없습니다."

현재 지상에 존재하는 대악마들은 한때, 강림했고 인류의 손에 토벌당한 존재들이다.

당연히 그 기록도 남아 있고.

워낙 오래전의 일이라 정보를 구하기는 쉽지 않지만, 아버지 정도라면 당연히 그런 정보들도 인지하고 있겠지.

"실제로 수도에 대악마가 출현했었고, 어떤 경위로 소멸했습니다. 그게 진실이지요."

"아들아, 지금 네가 말하는 게 얼마나 개소린지는 알고 하는 말이더냐. 대악마가 나타났는데 피해가 없다니, 이 무슨…….”

“사실입니다, 후작 각하.”

그때 알레이 대주교가 나섰다.

“……알레이 대주교?”

“기억해 주시는군요. 예, 대주교 알레이입니다. 1년 전쯤에 각하를 뵈었지요.”

아버지는 그런 대주교를 잠시 쳐다보더니 얼굴을 찡그렸다.

“그건 그렇고, 무슨 말이오? 가능하다니. 그 사이에 교국이 어디 용사의 영혼이라도 발견한 건가? 안 나타난 지 수백 년은 지났을 터인데.”

“예, 나타났지요.”

대주교는 허허 웃으며 말했다.

“지금 눈앞에 계시잖습니까.”

“……음?”

아버지의 시선이 내 쪽으로 향했다.

“흠, 머저리 아들 하나는 보이는데, 설마 이놈이 그 용사일 리는 없고.”

“아뇨, 맞습니다.”

대주교의 말에 아버지가 어처구니가 없다는 듯한 표정을 지었다.

“허, 진심으로 하는 소리요? 진정, 우리 ‘발푸르기스’에서 용사의 영혼이 태어났다고?"

"예, 그렇습니다."

"그게 무슨……."

아버지의 시선이 천천히 내게 향했다.

그러고는 날 확인하겠다는 듯 훑어보던 중…….

"음?"

아버지의 눈에 이채가 흘렀다.

아버지는 내 쪽으로 다가와 목 쪽에 드러난 문양을 뚫어져라 쳐다봤다.

"그러고 보니, 아까 전, 네가 재밌는 걸 보이긴 했었지. 혹시 그것과 연관이 있더냐."

"역시 눈치채셨군요."

"흐음, 뭐, 좋다. 〈텔레포트〉."

순간, 아버지가 눈앞에서 모습을 감췄다.

다시 나타난 건, 조금 시간이 흐른 후.

아버지는 신기하다는 표정으로 날 쳐다봤다.

"확인하고 오셨습니까?"

"잠시 수도의 마나 농도를 확인하고 오기는 왔지. 그래……."

아버지는 팔짱을 낀 채 날 쳐다보며 말했다.

"확실히 기분 나쁜 마기가 느껴지기는 하였다. 대악마라 불려도 이상하지 않을 기운이기는 하더구나."

"어찌 생각하십니까."
"인정은 한다."
아버지는 팔짱을 풀지 않은 채 고개를 끄덕였다.
"용사라. '발푸르기스'와 그만큼 어울리지 않는 것도 없건만. 하필 내 대에서……."
"마법사의 혈통이라고 하여 용사가 될 수 없지는 않지요."
"그건 그렇지. 다만……."
잠시 무언가를 말하려던 아버지는 이내 대주교 쪽으로 시선을 돌리더니 고개를 저었다.
"아니, 아무것도 아니다."
여전히 아버지는 복잡한 얼굴이었다.
당연한 반응이기는 했다.
발푸르기스는 오래전부터 교국은 물론이고, 종교와 그리 친한 입장이 아니었으니.
"그래서 대악마도 나타났고 교국의 입김이 강해질 테니, 자연히 '용사'의 입지도 강해질 것이다. 뭐, 그리 생각한 게냐."
"그 정도가 아닙니다."
아버지가 용사에 대한 걸 못마땅해 하는 건 당연했다.
아버지의 말대로, 현 시점에서 '용사'란 해 봤자 이득이라고는 없는 구색뿐인 자리.
심지어 교국의 꼭두각시에 불과하다는 사실도 틀린 말

은 아니다.

“예언이 현실로 다가온 이상, 교국과 용사의 관계를 역전시키는 것도 가능한 일이지요.”

“……음?”

아버지가 날 쳐다봤다.

“현재, ‘용사’가 이름뿐인 자리로 전락한 것은 위협이 없기 때문입니다. 상징성 외에 용사가 존재할 필요성이 없었기 때문이지요.”

“그렇지.”

“하나, 예언이 현실이 되면 어떻겠습니까. 예정된 재앙을 막을 것이 그 ‘용사’ 하나뿐이라면 당연히 그 위상도 예전 같을 수는 없습니다.”

“교국의 늙은이들은 여간내기가 아니다. 네가 말한 대로 그리 쉽게 진행되는 것이…….”

그래, 이렇게 나오시겠지. 당연히 예상 못한 바는 아니다.

하나.

“〈폭풍이여.〉.”

당연히 준비도 해 두었지.

내 말과 함께 기다렸다는 듯 날 감싸고 폭풍이 휘몰아치기 시작했다.

단순한 폭풍이 아니다.

“아, 아아…….”

그것을 본 알레이 대주교가 저도 모르게 무릎을 꿇었다.

아버지 또한 내가 꺼낸 '폭풍'을 보고는 눈빛이 흔들렸다.

"이건, 설마……."

"예, 신성력입니다."

정확히 말하자면, 신적 존재의 '무덤'에서 얻어 낸 신물의 힘이지만.

어쨌건 거짓말은 안 했다.

내가 신성력을 통제할 수 있는 것은 거짓이 아니니.

"제아무리 여우와 같은 자들이라 해도 소용은 없을 겁니다."

그들이 그렇게도 모시던.

"신께서 저와 함께 하시니."

"……!"

6장

“허어, 신성력이라니.”

아버지는 여전히 믿을 수 없다는 눈으로 날 쳐다봤다.

내 주변을 감돌고 있는 폭풍.

옛 신의 일부로써 이 ‘폭풍’에 담긴 신성력은 결코 적지 않다.

물론.

“완전한 상태는 아닙니다. 아직 부족하다는 의미겠지요.”

“하나, 시간문제입니다!”

그때, 알레이 대주교가 열성적으로 소리쳤다.

“갈무리되지 않았다 하더라도, 공자의 몸에 서린 그 기운은 분명 신의 축복!”

“으, 음…….”

대주교의 열성적인 말에 아버지가 침음을 흘렸다.

다른 자도 아니고, 교국의 대주교가 그리 말하는데 다른 말을 할 수 있을 리가 없다.

"마나와 신성력이 공존하기 힘든 기운이라는 것은 각하께서 가장 잘 아실 터입니다."

그게 일반적이다.

신은 자신의 축복을 받은 이에게 마법을 허락하지 않는다.

그 반대 또한 마찬가지고.

마법이 이단이라는 게 아니다.

그저 신이 '두 개의 축복'을 허용하지 않았을 뿐.

적어도 신성교국의 교리에는 그리 적혀 있다.

하나, 그러한 당연한 법칙이 통용되지 않는 유일한 존재가 있으니 그것이 바로 용사다.

아버지가 얼굴을 찡그렸다.

"그래서 내 아들놈이 용사가 되어야 한다, 그 말이오?"

"공자께서도 바라시잖습니까."

대주교는 미소를 띤 채로 아버지에게 말했다.

"자신의 사명을 행하고자 하시는 겁니다. 실제로 이미 대악마 소멸이라는 위업도 달성하셨지요. 전 사실을 말할 뿐입니다."

"흐음……."

아버지는 잠시 고민하며, 나와 대주교를 번갈아 봤다.

그러고는 내게 물었다.

"신을 위해 죽을 참이냐."

"그럴 리가요."

난 어깨를 으쓱거리며 말했다.

"발푸르기스가 어디 그런 가문입니까. 방금 전 말씀드렸다시피, 이제 급한 쪽은 제가 아니라 교국이 될 겁니다."

"흐음……."

"제 동료를 선택할 권한도 교국에 빼앗길 생각이 없고요."

지금까지 용사의 주변 인물들은 전부 교국의 뜻에 따라 정해져 왔다.

하지만 난 그럴 생각이 없었다.

내 사람만을 동료로 삼는다.

"그래서 구하긴 했고?"

"저기 있잖습니까."

난 구석에서 멀뚱멀뚱 내 쪽을 보고 있는 리안을 가리켰다.

그러자 녀석이 뭔 개소리냐는 눈으로 날 쳐다봤다.

"아들아, 저거 눈빛 보니까 아닌 거 같은데?"

"아뇨, 맞습니다. 이래 봬도 제게 협력하는 조건으로 '엄청난 것'을 건네기로 했으니!"

굳이 '엄청난 것'이라는 말을 강조하며 녀석을 흘낏 봤다.

이 정도면 알아먹었겠지.

나도 대가도 없이 널 부려 먹을 생각은 없다 이 말이야.

"으, 음……."

내 말에 눈을 이리저리 굴리던 리안이 슬며시 고개를 끄덕였다.

"……예, 맞습니다. 생각해 보니 그렇게 된 거 같네요."

어쩌다 보니…….

대충 그런 뉘앙스로 허망하게 주변을 쳐다보던 녀석이 날 가리키며 말했다.

"뭐, 제가 각하께 말씀을 드릴 위치가 아니긴 한데, 이 놈, 제 할 말은 지키는 놈입니다."

"……."

"지키지 못할 약속은 안 합니다. 성격은 도대체 뭔 천하의 개새…… 아, 죄송합니다."

"괜찮네, 리안 군. 개새끼인 거 아니까 계속하게."

"아, 예."

리안은 재차 말을 이었다.

"아주 개새끼인 건 맞는데, 약속을 어길 놈은 아니에요. 불가능한 일에 계산도 없이 뛰어들 멍청한 놈도 아니고."

"흐음……."

"부모인 각하께서 저보다야 더 잘 아시겠지만, 일단 옆에서 녀석을 지켜본 제 입장은 그렇다는 뜻입니다, 각하."

그 말에 아버지가 얼굴을 찡그렸다.

하지만 의외로, 그리 고민하는 기색은 아니었다.

아버지는 날 보며 말했다.

"그래도 아버지로서, 영 걱정이 되는 것은 어쩔 수 없구나."

진정 아들이 걱정된다는 표정으로 고개를 절레절레 젓는 아버지.

그러고는 슬쩍 대주교를 봤다.

"하나, 여기 대주교께서 진정 약조를 해 주신다면 네 뜻을 따르지 않을 이유도 없지."

'하, 역시 이럴 생각이셨나.'

아까부터 괜히 어울리지도 않게 걱정하는 기색을 보이더니, 아무래도 확실하게 생색을 낼 참이긴 하셨던 모양이다.

약삭빠르시긴.

아버지는 괜히 분위기를 잡은 채 대주교에게 말했다.

"알레이 대주교, 묻겠소."

"말씀하시지요."

"교국이 아닌, '용사'의 편에 설수 있겠소?"

굉장히 무거운 질문이었다.

특히 교국의 한 축을 담당하는 대주교에게 하는 질문임을 생각하면, 큰 무례라 여겨질 수도 있는 질문.

하나.

"그리하지요. 감히 신께 맹세할 수도 있습니다."

대주교는 일말의 망설임도 없이 말을 이었다.

"저, 대주교 알레이. 맹세컨대, 공자를 용사로서 확실하게 지지하고 도울 것입니다."

"진심이군. 그대가 신에게 맹세했다면 의심할 여지가 없지."

아버지는 고개를 끄덕였다.

사제가 신의 이름을 걸고 맹세한다는 건 그 정도의 의미.

거기까지 확신을 받은 아버지는 피식 웃으며 말했다.

"그럼 안 말릴 테니, 어디 멋대로 해 보거라."

"예."

난 고개를 끄덕였다.

그래, 이 정도까지 판을 깔아 주셨으면 이제 더 머뭇거릴 이유도 없지.

"멋대로 해 보겠습니다."

난 씨익 웃으며 답했다.

아버지는 대주교와 이야기를 마치고는 곧바로 사라졌다.

아마 황궁으로 가신 것이리라.

개인적으로 처리할 일이 있다고 하셨으니.

물론 아직 내가 해결할 일이 완전히 끝난 건 아니었지만.

"내놔."

잠시 뒤, 리안은 내 방에 들이닥쳐서는 그렇게 말했다.

"내가 만족할 정도의 보상이 있으니, 그렇게 마음대로 일을 벌인 거 아니냐."

"당연하지."

녀석은 단순무식한만큼, 이런 약속에 있어서는 무척 철저했다.

그걸 알고도 녀석의 의사를 묻지 않고 일을 진행한 것은, 그만한 대가를 원래 줄 생각이었기 때문이다.

'하지만 공짜로 줄 이유는 없지.'

난 방 구석에 있는 침대를 가리키며 말했다.

"일단 저기 누워라."

"……음?"

리안이 눈을 동그랗게 떴다.

"갑자기 뭔데."

"잠에 들 필요가 있으니까."

난 곧바로 즉석에서 마법을 준비하기 시작했다.

이 작업을 위해서는 생각보다 복잡한 작업이 필요하다.

필요한 서클 자체는 그리 고차원적이지 않지만, 그만큼 머리를 많이 쓴다고 해야 할까.

녀석은 여전히 영문을 모르겠다는 표정이었지만, 순순히 자리에 누웠다.

"그래, 시발, 해 보자. 네가 이렇게 영문 모를 일을 벌이는 게 처음도 아니고."

"일단 한번 보고 와라."

난 녀석에게 손을 뻗어서는 그대로 준비해 둔 마법을 발동했다.

그러자 화려한 빛이 녀석을 감싸기 시작했다.

"내가 장담하건대 실망하는 일은 없을 테니."

동시에 녀석의 눈이 감겼다.

"그럼 30분 정도면 되려나."

난 녀석을 침대 위에 대충 눕히고는 의자에 앉았다.

아마, 그 정도면 되겠지.

"……여긴 어디야?"

리안은 멍하니 중얼거리며 주변을 둘러봤다.

폐허.

딱히 대단한 것들이 보이지 않는다.

이리저리 망가진 것들이 보이긴 했지만, 어디서건 보일 법한 풍경이긴 했다.

그런데 그때.

"입소를 환영한다."

목소리가 들린 곳으로 고개를 돌리자, 누군가 낡은 기둥 위에 앉아 있었다.

아무렇게나 자라난 수염.

딱히 정리할 필요성도 느끼지 못한 건지, 머리카락 또한 헝클어져 있었다.

“……당신, 누굽니까?”

“여기 주인.”

그는 어깨를 으쓱거리며 주변을 가리켰다.

“보다시피, 별것 아닌 환상이다. 네 의식 속의 세계라 봐도 좋겠지.”

“결국 가짜란 소리잖아.”

“그렇게 봐도 좋겠군.”

중년의 남성은 피식 웃었다.

그러고는 훌쩍 앉아 있던 기둥에서 뛰어내리더니, 허리춤에 차고 있던 검을 들었다.

“어쨌건, 검 들어.”

“갑자기 뭔……?!”

리안이 반응하지도 못한 사이, 남자가 간격을 무시하고 그에게 접근했다.

“……?!”

검사에게 있어 ‘간격’이란 절대적인 것.

특히 리안 정도 되는 존재가 그 간격을 허용했다는 의미는 단 하나.

'제기랄, 나보다 한참 위라는 소리군!'

여기가 정확히 어디인지.

미하일, 그놈이 도대체 무슨 수를 썼고 뭣 때문에 자신을 여기에 보낸 건지는 모른다.

하지만, 그런 것까지 생각할 여유가 없었다.

그 와중에도 리안의 본능은 몸을 움직였다.

다른 것보다도 당장 자신의 앞에 닥친 위험.

거기서 벗어나야 한다는 생각이 그의 몸을 움직였다.

허리춤에 차고 있던 검을 뽑아 남자의 공격이 자신에게 닿기 전에 먼저 공격에 들어갔다.

하나.

"……어?"

분명 자신이 먼저 공격을 했을 터였는데, 벌어진 결과는 예상과는 전혀 달랐다.

튕겨진 건 자신 쪽.

검을 든 손이 그대로 머리 뒤로 젖혀졌다.

그 사이, 완전히 빈 복부 쪽을 향해 남자의 검이 그대로 쏘아졌다.

"이게, 뭔……?!"

자신의 행동을 완전히 읽지 않고서야 불가능한 수.

아니, 이건 그 정도가 아니다.

이건, 리안 자신이라 봐도 좋았다.

저 남자는 마치…… 존재 자체가 자신의 완벽한 상위 호환과도 같다.

리안의 얼굴에 암담함이 차올랐다.

푸욱!

격통이 느껴지며 의식이 끊어졌다.

……하지만 그걸로 끝이 아니었다.

눈을 뜨자 또 똑같은 풍경이 그를 맞이했다.

기둥 위에 남자가 앉아 있는 것도 같았고.

"입소를 환영한다."

방금 전과 똑같은 말.

"이게, 뭔……."

리안은 얼떨떨해하면서도 본능적으로 검을 들었다.

그러자 남자는 흥미롭다는 눈으로 그를 쳐다보더니 말했다.

"바로 날 경계하는 건가. 흐음, 나쁘지 않은데."

그 말과 함께 남자가 기둥에서 뛰어내렸다.

리안은 저도 모르게 가슴속에서 치미는 긴장감에 침을 삼켰다.

'무슨 상황이지?'

두 번째였지만, 여전히 무슨 상황인지 이해가 가지 않았다.

하지만 그래도 가만히 당하고만 있을 수는 없는 노릇.

어떻게든 방금 전과는 다른 결과를 만들기 위해 이번에는 다른 식으로 접근하기로 했다.

'좋아. 뭔지는 몰라도 이번에는 내 쪽에서 먼저 간다.'

리안은 먼저 움직였다.

전신에 힘을 퍼뜨린 뒤, 그대로 남자를 향해 쏘아져 나갔다.

뮐리에르 1식.

한순간 리안의 몸이 바람이 되더니 그대로 분열했다.

코앞까지 도달했다.

하지만 어째서인지 남자는 여전히 아무 자세도 취하지 않은 채, 무방비한 상태였다.

'자만했군.'

그렇다면 그 틈을 노리고 그대로 꿰뚫으면 그만.

"하."

……이라고 생각했다.

퍼억!

한 대 처맞기 전까지는.

남자는 가볍게 늘어뜨리고 있던 무릎을 들어 올려서는 그대로 리안의 명치를 찍었다.

"커헉……?!"

도저히 사람의 몸에서 나올 수 있는 힘이 아니다.

마치 전신이 검과 같았다.

그저 무릎에 당했을 뿐인데 검에 꿰뚫린 것 같은 감각.

"내가 자만했다고 생각했나?"

"……!"

"허, 제 수련법이 어떤 건지도 제대로 자각하지도 못한 것 같군. 웃기지도 않아."

머리 위에서 차가운 목소리가 들려왔다.

그리고 이어서 들리는 소름 끼치는 금속음.

키잉.

"한 번 더 죽고 오도록."

콰악!

이번에도 마찬가지로 잠깐 의식이 끊겼다.

내가 리안에게 건 마법은 자체만 보자면 그리 어렵지 않다.

환상 마법.

조금 다른 점이 있다면, '리안'이라는 존재 하나만을 위해 만들어진 환상 마법이라는 것.

그래.

이 마법의 주재료는 현재의 리안이 아니다.

내가 기억하고 있던 회귀 전 '최후의 검성'이었던 리안.

요컨대 녀석의 미래라는 소리.

아마 녀석은 지금 환상 속에서 몇 번이고 제 미래와의 대결을 반복하고 있겠지.

"슬슬 깰 때가 됐는데……."

그때.

"씨발!"

내 말이 끝나기 무섭게 침대에서 있던 녀석이 갑자기 잠에서 깨어났다.

그러곤 곧바로 내게 소리쳤다.

"야, 미하일!"

"어, 그래. 잘 갔다 왔냐?"

대충 표정 보니 잘 갔다 온 것 같기는 하다만.

녀석이 빨갛게 충혈된 눈으로 나한테 소리쳤다.

"다시 보내! 이번에는 한 방 먹일 수 있을 것 같으니까 다시!"

"개소리 말고."

반응을 보니 확실히 나쁘지는 않았던 모양이군.

"단순히 반복해 봤자 소용없어. 오기를 부릴 시간에 방금 느낀 걸 현실에서 끊임없이 복기해라."

"……복기하라고?"

"그래, 얻은 게 많을 거 아니냐. 거기서 얻은 걸 현실에서 끝없이 연구한 뒤에 한 번 더 도전하라는 이야기다."

당장 내일부터 또 움직여야 할 텐데, 굳이 이런 걸로 체력을 뺄 필요는 없는 법.

내 말에 녀석이 물었다.

"그런데 내가 상대한 그건 도대체 누구냐? 도저히 정체가 짐작이 가지가 않는데."

"글쎄다."

굳이 말하자면 네 미래다만.

어쨌건.

"내일 바로 움직여야 하니까 가서 자라. 자잘한 건 내일 가면서 이야기해도 될 테니."

"뭐, 교국?"

"거긴 최종 목적지고. 겸사겸사 가는 길에 다른 곳도 들들 생각이거든."

"다른 곳이라면…… 어딘데?"

난 피식 웃으며 녀석의 말에 답했다.

"요정의 숲."

보주도 있겠다, 일단 내 전용 스태프부터 만들어야지.

거대한 나무가 하늘을 뚫고 높이 솟아 있었다.

세계의 중심.

하늘을 굳건히 받치고 있다 알려진 최초의 나무, 세계수.

그곳에 한 엘프가 서 있었다.

"……방법은 없는 것인가."

순백의 엘프 전통의 예복을 몸에 걸친 채, 그는 착잡한 눈으로 세계수를 쳐다보았다.

세계수는 무너지고 있었다.

조금씩, 아주 조금씩.

지금에 와서는 그 망가진 모습이 확실하게 보일 지경이었다.

언제까지도 끝없는 생명력으로 가득 차 있을 것만 같았건만, 그 세계수마저 끝은 존재한다는 것일까.

원인은 알 수 없었다.

세계수에게서 지금까지 모든 것을 얻고 의지해 왔던 엘프들로서는 참으로 답답한 일이었다.

그때 뒤에서 목소리가 들렸다.

"아버지."

"왔느냐. 아들아."

뒷짐을 진 채 세계수를 보고 있던 그가 고개를 돌렸다.

뒤에는 엘프 청년이 굳은 얼굴을 한 채 서 있었다.

"역시 세계수께서……."

"이제 조금씩 준비를 해야 할지도 모르겠구나."

뛰어난 선조들조차 어찌할 수 없었던 문제다.

엘프들은 오래전부터 이 문제를 해결하기 위해 꾸준히 연구에 연구를 거듭했었다.

하나, 답은 없었다.

엘프들의 지식과 경험은 분명 풍부했기에 대부분의 문제를 해결할 수 있었으나 세계수만큼은 예외였다.

"선조를 볼 낯이 없구나. 결국 내 대에 세계수께서 무너지는 모습을 봐야 한다니."

"아직 포기할 때는 아닙니다, 아버지. 얼마든지 기회는……."

"그 생각으로 도대체 몇 대가 이어졌더냐."

요정왕이 고개를 숙였다.

"만일 일말의 희망이라도 있었다면 내가 이렇게 말하지는 않았을 게다. 하나, 쉽지 않구나. 도저히 길이 보이지 않아."

"……."

"지하드."

요정왕은 피곤한 눈으로 제 아들을 쳐다보며 말했다.

"네게 이런 짐을 지워서 미안하다. 계승이 얼마 남지 않았건만, 이 무거운 과업을 고스란히 넘기게 될 줄이야."

"제가 해내겠습니다."

"……허허."

요정왕이 쓴웃음을 지었다.

"그래, 너라면 그리할 수도 있겠지. 분명 나보다는 나은 왕이 될 것이다."

하지만 과연 아들이 알까.

저 말이 자신이 전대 요정왕인 아버지에게 보였던 반응과 같다는 것을.

결국, 그 자신 역시 이런 곳에서 제 무력함을 탓하는 것밖에는 할 수 없었음을…….

'세계수가 무너지면 오랜 악을 봉인하고 있던 힘마저 무너지게 될 것인데…….'

가장 걱정하는 상황.

균형이 무너지고, 오래전 세계에서 내쫓긴 악이 다시 고개를 들지도 모른다.

그리된다면, 그건 세계수를 관리해야 하는 의무를 가진 자신들의 잘못이다.

'이를 어찌해야 할지…….'

치솟는 암담함에 요정왕은 눈을 질끈 감은 채 고개를 숙였다.

도저히 희망이 보이지 않았다.

다음 날.

"들어라, 아들아."

수도를 떠나기 전, 아버지는 뒷짐을 진 채 퉁명스레 말했다.

"귀찮은 일은 처리해 뒀다."

"귀찮은 일이라 하시면?"

"황제."

"아, 그 사이에 또 황제 폐하와 면담이라도 하셨습니까?"

내 말에 아버지가 혀를 찼다.

"쯧, 수도에 대악마가 나타났지 않느냐. 그게 황제의 귀에 들어가지 않을 리가 있겠느냐. 당연히 관심을 가졌지."

"뭐랍니까."

"뭐라 하긴. 당장 제 앞에 대령하라 하더구나. 하지만 교국의 문제가 엮여 있으니, 쉽지 않다 말하며 둘러댔다."

아버지가 손을 내저었다.

"덤으로 네가 머저리에 과대평가된 아들놈이라는 말도 했지. 축하한다, 아들아. 자그마치 황제씩이나 되는 사람이 그 소문을 믿더구나. 과거의 네 자신에게 고마움을 표해라."

"그것 참 고맙네요."

머저리라는 소문으로 귀찮은 일에서 벗어날 수 있다면, 나야말로 바라는 바다.

지금은 황제를 마주할 때가 아니니.

"그리고."

아버지가 슬쩍 내 뒤에 서 있는 집사 쪽을 쳐다봤다.

"집사는 꽤 도움이 될 게다."

"알고 있습니다."

"아니, 네가 알고 있는 것보다 더 도움이 될 사람이다."

"그것도 알고 있는데요."

"……."

아버지가 어처구니가 없다는 표정으로 날 노려봤다.

"아주 한마디를 안 지는구나. 한마디를 안 져."

"뭘 그리 새삼스레 그러십니까. 원래 이랬는데."

내 말에 아버지는 혀를 찼다.

"바로 교국으로 갈 생각이냐."

"뭐, 일단은 잠시 세계수나 구경할까 싶습니다만."

"……그 귀쟁이들? 죄다 나사 빠진 놈들만 있는 곳인데, 갑자기 거길 왜?"

"전용 스태프가 필요한지라."

"흠."

아버지는 내 목에 걸려 있는 보주를 잠시 쳐다보더니, 이내 고개를 끄덕였다.

"뭐, 멋대로 하거라. 최근 그쪽의 소문이 영 불안하기는 하다만, 너도 생각해 둔 게 있겠지."

거기까지 말한 뒤, 아버지는 머리를 긁적였다.

"그래, 이래저래 네가 최근 빨빨 돌아다니는 꼴이 정신 사납기는 하다만……."

"말씀하시지요."

"……전보다는 낫구나."

아버지는 이런 말을 하는 게 영 익숙지 않은지, 볼을 긁적이며 말을 이었다.

"그래, '발푸르기스'다워."

"뭘 그리 말씀하십니까."

지금에야 말할 수 있겠네.

"늘 발푸르기스였습니다."

난 아버지를 똑바로 쳐다보며, 그렇게 말했다.

"요정의 숲으로 간다."

수도를 떠나자마자, 난 일행에게 목적지에 대한 걸 밝혔다.

"요정의 숲? 혹시……."

카산드라가 고개를 갸웃거리더니 물었다.

"세계수 때문에 가시는 건가요? 당장 생각나는 이유는 그것밖에 없는데."

"잘 아네. 예언으로 본 건가?"

"비슷하긴 해요."

카산드라는 쓴웃음과 함께 말을 이었다.

"좋지 않은 징조는 생각보다 선명히 보이기 마련이니까요."

"흐음."

하긴, 예언가가 보는 것들은 생각보다 복합적이지.

'회귀 전에는 그 예언의 힘을 빌릴 일이 없었지만.'

따라서 그녀가 정확히 어떤 식으로 미래에 대해 조언할지는 나조차도 알지 못한다.

뭐, 어쨌건.

그런데 그때, 옆에서 조용히 듣고 있던 성기사가 나섰다.

"요정의 숲이면, 지금 엘프들의 영역으로 간다는 뜻인가?"

"그렇다만. 무슨 문제라도 있나?"

"문제? 아니, 그건 아니다. 그저 염려가 됐을 뿐."

그녀는 단호하게 답했다.

"엘프들은 폐쇄적이고 고집이 세다. 심지어 대부분이 자신이 특별하다는 선민의식에 사로잡혀 있지. 그들을 접하지 않은 이들은 신비롭다 할지 모르겠지만 실상은 정반대다."

난 조용히 성기사를 봤다.

"잘 아는군."

"과거, 그들과 지낼 기회가 있었지. 썩 좋은 경험은 아니었어."

엘프들과 안면이 있다는 시점에서 이 성기사도 결코 평범한 부류는 아니다.

'실력도 결코 약하지 않고.'

현시점에서 바닥이 보이지 않는다는 건, 그만큼의 실력을 지니고 있다는 것.

지금으로서는 정확히 알기 힘들었지만, 분명 평범한 자가 아니라는 것만은 사실이다.

"흠, 그래, 당신…… 아니, 뭐라고 부르면 되지?"

"헬렌이면 된다."

"그래, 헬렌 경. 경이 엘프들에 대해 그리 좋은 감정이 없다는 건 알겠어."

"명백한 사실이다만."

그때, 집사가 허허 웃으며 고개를 끄덕이며 말을 받았다.

"틀린 말은 아니긴 하죠. 예부터 귀 큰 놈들은 믿는 게 아니라고 했습니다, 도련님."

"집사는 또 뭐가 불만인데?"

"불만이 아니라 저도 날것 그대로의 사실을 말하는 겁니다. 이거 다 연륜에서 나오는 겁니다, 연륜."

"말이 통하는 어르신이군."

말을 듣던 헬렌이 만족스레 고개를 끄덕이더니, 집사에게 물었다.

"귀쟁이는?"

"믿을 놈이 못 된다."

그 말에 둘 사이에 묘한 기류가 흘렀다.

그 기류가 엘프에 대한 혐오로 이뤄졌다는 건 기묘하기 짝이 없었지만.

"아주 잘들 한다. 인종 차별자들 납셨네."

"도련님, 이건 제 경험에서 우러나오는 조언입니다! 그것들은 그냥 우리를 하루살이로 본다니까요?"

"덤으로 약간 몬스터의 한 종류로 보는 것 같기도 하고."

도대체 왜 이 둘은 쓸데없는 데서 의기투합을 하는 건지.

뭐, 하여간 둘이 엘프 혐오자인지 뭔지는 딱히 관심 없고.

"아, 됐고. 지금 중요한 건 세계수다. 다른 건 없어."

"잠깐, 세계수면 그 전설 속의 나무? 그거 맞냐?"

리안이 물었다.

"어, 맞아. 그 세계수 맞아."

"그걸로 뭘 하려고?"

"뭘 하긴 뭘 해."

난 툭툭 목에 찬 보주를 가리키며 말했다.

"가지나 하나 꺾어 가려고."

"……?!"

내 말에 그 자리에 있던 넷 모두가 어디 모자란 놈 보는 표정으로 날 쳐다봤다.

뭐.

왜.

세계수에서 얻어 갈 건 많다.

날 6서클로 만들어 줄 정수.

거기에 스태프의 '몸통'이 될 세계수의 가지.

그 정도만 있어도 지금보다 훨씬 효율적으로 마법을 쓰는 것이 가능하다.

9서클 정도 된다면 그런 것은 필요 없게 되지만, 아직 그 정도 수준은 아니니.

리안이 물었다.

"그런데 그 요정의 숲은 어떤 식으로 들어가는 건데? 내가 엘프에 대한 건 잘 몰라도, 일단 멋대로 들어갈 수 있는 곳이 아니라는 건 알거든?"

"그리 어렵진 않아."

내가 멈춘 것은 완전히 바짝 마른 땅이 보였을 즈음이었다.

생명력이라고는 조금도 보이지 않는 척박한 땅.

그리고 그 땅에, 완전히 말라붙은 나무뿌리가 겉에 드러나 있었다.

"여기 있군."

"……뭘 하려고?"

난 리안의 말에 답하는 대신, 조심스레 말라붙은 나무뿌리에 손을 가져다 대었다.

"세계수의 뿌리는 세계 전체를 휘감고 있다. 어디건 '중심'으로 연결되기 마련이지."

"이게 그 세계수의 뿌리라고?"

리안은 믿기 힘들다는 눈으로 내가 손을 대고 있는 뿌리를 쳐다보았다.

녀석이 그렇게 반응하는 것도 이상한 일은 아니다.

실제로, 이건 그 세계수의 뿌리라기에는 지나치게 나약했으니까.

"역시 상태가 좋진 않네요."

카산드라는 씁쓸한 얼굴로 천천히 세계수 뿌리에 다가갔다.

"뿌리가 드러날 정도라는 건, 세계를 아우르기 힘들 정도로 세계수의 근원의 상태가 악화되었다는 뜻이에요."

"맞아. 좋은 징조는 아니지."

그러니 한시라도 빨리 세계수에 접촉해야 했던 거고.

"그래도 어쨌건 뿌리라서 세계수 자체와 연결은 되어 있어."

"당신, 설마 이걸 이용해서 세계수로 가겠다고 말하는 건가?"

헬렌이 어처구니없다는 목소리로 내게 말했다.

"이런 말 하기는 그렇지만, 세계수는 굉장히 고등한 존재야. '외부인'인 당신을 허락할 정도로 녹록한 존재는……."

"괜찮다니까."

다 생각이 있으니까 이러는 거다.

대충 세계수 뿌리의 상태를 확인한 난 몸을 일으켰다.

그러고는.

"〈잠겨라.〉"

'추도문'을 입에 담았다.

- 슬슬 한계인가.

새카맣게 물든 어둠 속에서, 한 여인이 작게 한숨을 쉬었다.

- 이렇게 오래 버텼는데, 설마하니 눈치챈 아이들이 하나도 없었을 줄이야.

그녀가 그리된 원인.

그것은 아주 오래전, 뿌리를 비집고 들어온 작은 씨앗이었다.

그것은 시간이 지날수록 점점 제 몸집을 불려 가더니, 이내 내부를 좀먹기 시작했다.

하나, 여인은 자신의 위기를 바깥에 전할 수 없었다.

갑작스레 제 몸집을 불린 그 씨앗이 그것을 허용하지 않았기 때문이다.

- 하긴 나조차 뒤늦게 깨달았거늘, 너무 무리한 기대를 한 겐가.

어떻게든 버텨 왔지만, 이제 조금씩 무리라는 사실을 깨달을 수밖에 없었다.

대지를 감쌌던 뿌리가 마르고,

생명력으로 가득 찼던 잎과 꽃을 피울 여력조차 남지 않았다.

하긴, 이미 지나치게 많은 시간이 지났고 악을 잠재울 찬가는 잊힌 지 오래일 터.

그녀는 눈을 감았다.

그리고 천천히…….

그런데, 그때였다.

〈잠겨라.〉

- ……음?

목소리가 들려왔다.

오래전 잊혔을 옛 찬가가 그녀에게 손을 내밀었다.

완전히 말라 죽은 세계수.

더 이상 세계를 지키는 나무는 없었다.

그 고귀한 엘프들이 믿고 따르던 어머니 또한 존재하지 않았고.

"지하드 왕자."

"……."

멍하니 말라 죽은 세계수를 쳐다보고 있던 지하드가 내 쪽으로 고개를 돌렸다.

이미 눈물을 흘릴 힘조차 없는지, 지하드의 눈동자는 텅 비어 있었다.

"정신 차리십시오. 이제 당신이 엘프들을 이끌어야 합니다. 당신이 그렇게 정신을 놓으면 그걸로 끝이란 말입니다."

"……내가, 좀 더 노력했다면."

"의미 없습니다."

난 단호하게 대답했다.

사실이었으니까.

아무리 지하드가 노력했더라도 바뀌는 것은 없었을 것이다.

현명하다 알려졌던 전대의 왕조차 해결하지 못한 문제.

그걸 갑자기 지하드가 해결한다는 것은 불가능에 가까웠다.

"……하하, 이 어찌."

세계수의 죽음과 함께, 세계 각지에서 악마들이 출현했다.

세계가 망가지는 건 정말 한순간의 일임을 깨닫게 되었다.

이내 그는 고개를 들었다.

조금은 정신을 되찾은 듯했다.

여기서는 조금 단호하게 나갈 필요가 있었다.

다른 이도 아니고, 엘프들을 통솔하게 될 왕이 이래서는 안 된다.

세계가 위기에 처한 지금.

그는 결코 흔들려서는 안 되는 존재 중 하나였다.

"함께 가시지요, 왕이시여."

요정왕은 끝내 세계수를 구하지 못한 채, 대악마의 손에 목숨을 잃었다.

그건 되돌릴 수 없는 일.

하나, 설령 그렇다 하더라도 할 수 있는 일은 해야만 했다.

"제가 도울 것이니."

그렇게 8대 요정왕, 지하드 유그드라실이 함께 하게 되었다.

“아, 빌어먹을.”

옛 기억을 털어 내며 뒤늦게 정신을 차렸다.

세계수 정도 되는 존재에게 접촉하려 하면 필연적으로 ‘플래시백’이 생겨나게 된다.

어쩔 수 없다.

세계수 정도 되는 존재와 소통한다는 것은 그런 의미니.

“그럼 우선…….”

[야!!]

그때, 세트가 갑자기 튀어나와서는 소리쳤다.

[말 좀 하고 일을 벌일 수는 없는 거니?!]

“넌 또 왜 왔어?”

[온 게 아니라, 네가 가니까 그냥 끌려온 거거든?!]

“아, 그렇게 된 건가.”

[난 네 몸이 아니라 영혼에 각인된 것. 어떤 식으로건 너와 함께할 수밖에 없다고.]

“흐음.”

하긴, 그렇긴 하겠군.

“뭐, 좋아. 그럼 따라와라.”

[……어쩌려고?]

세트가 고개를 갸웃거렸다.

[아무리 그래도, '추도문'만으로 걔를 구할 수는 없거든?]

"알아."

대충 세계수가 처한 상황은 짐작하고 있다.

아마도 악마와 연관되어 있겠지.

그중에서도 군주급.

그도 아니라면, 아예 마신과 직접적으로 연관이 있던가.

"문제를 해결하기 위해서라도, 우선 당사자에게 직접 상황을 듣는 게 최선 아니겠냐."

[……흐음.]

"그건 그렇고. 세트, 너. 세계수와는 아는 사이인가?"

순백의 공간.

세트에게 시시콜콜한 질문을 하며 천천히 앞으로 나아갔다.

걸음을 내디딜수록 주변의 사물들이 명확해졌다.

풀들이 생겨나고 나무가 솟았다. 그다음에는 새가 지저귀는 소리가 들리기 시작했다.

숲.

어느새 나는 눈에도 완전히 담기지 않을 정도로 거대한 나무가 솟은 숲에 서 있었다.

[당연하지. 세계수는 오랫동안 이 땅을 지켜 온 규칙이자 질서. 아사르에게서 갈라져 나온 뿌리 중 하나니까.]

"즉, 너와 비슷하다는 거군."

[계통은 다르지만, 뭐, 본질로 보자면 비슷하다고 볼 수 있기는 하겠네. 굳이 말하자면…….]

그녀가 쓴웃음과 함께 말을 이었다.

[그래, 그 아이는 생존한 쪽이고 우리는 희생한 쪽…… 이라고 하는 편이 맞을까.]

"흐음."

난 그 '옛 신'이 존재했을 적에 정확히 어떤 일이 있었는지는 알지 못한다.

하나, 치열한 전투가 있었고 그로 인해 많은 희생이 있었다는 것 정도는 짐작할 수 있다.

'무덤의 관리자는 희생한 쪽, 세계수와 같은 존재는 살아남은 쪽이라 이건가.'

자세한 사정은 언젠가 알게 될 테지.

그녀 또한 다른 신물을 모으고, 완성하다 보면 알 수 있을 것이라 말했고.

[흐음, 뭐, 그래도 일단 만나 보면 될 일이지. 그 애를 본 지도 꽤 오래 됐고.]

그렇게 얼마나 걸었을까.

마침내, 숲의 중앙에 솟은 거대한 나무에 도착했다.

현실에서 보았던 것과는 달리 세계수는 생기로 가득 차 있었다.

과연 세계수라고 해야 할까.

앞에 둔 것만으로도 무시할 수 없는 존재감이 느껴진다.

그때였다.

화악.

세계수에서 환한 빛이 흘러나오기 시작했다.

그것은 이내 내 앞에서 뭉치더니, 사람의 형상을 갖추기 시작했다.

풀로 엮은 관, 땅에 닿을 정도로 길게 자란 밤색의 머리카락.

성숙한 모습의 미인이었다.

보자마자 알 수 있었다.

'세계수.'

그녀가 세계수라는 것을.

천천히 감고 있던 눈을 뜨자, 녹빛의 눈동자가 드러났다.

"잘 와 주었다."

"당신이군요."

"그래, 내가 바로 땅의 어미이자 가장 위대한 나무……."

눈동자가 빛을 발했다.

"세계수, 유그드라실이란다."

그녀는 자신을 소개하며 천천히 내 쪽으로 걸어왔다.

그러자 바닥에서 풀과 나무가 솟아올라 탁자와 의자를 만드는 것이 아닌가.

"우선 앉으렴. 할 말이 많을 것 같은데. 그리고……."

그녀는 고개를 갸웃거리더니, 내 어깨 쪽으로 시선을 돌렸다.

"익숙한 얼굴이 보이네요?"

[……]

"오랜만이에요, 언니."

그녀는 전혀 동요하지 않은 채 세트를 반겼다.

그 반응에 세트는 작게 한숨을 쉬었다.

[……넌 정말 그대로구나.]

"그대로여야지요. 고작 이런 걸로 놀라면 세계수 역할도 못해요."

그녀는 자연스레 의자에 앉아서는 찻잔을 생성하고 차를 따라서는 내 앞으로 밀었다.

"현실은 아니지만, 이 정도 구색은 맞춰야 분위기가 사니까 대충 마셔 보렴."

"그러지요."

난 그녀가 내놓은 차를 한 모금 마셨다.

그러자 지금까지 마셨던 그 어떤 차와도 비교할 수 없을 정도의 청량함이 몸을 가득 채웠다.

"허."

"세계수의 잎을 우린 차란다. 영혼 회복에 나쁘지 않지."

확실히 그녀의 말대로다.

마시는 것만으로 영혼 깊숙한 곳에서 좋은 기운이 차오르는 것 같다고 해야 할까.

그녀 역시 한번 차를 홀짝이고는 가만히 날 쳐다봤다.

"마법사로서 타고난 재능을 가지고 있구나. 이제 갓 20년을 살았는데 다섯 개의 고리라면, 확실히 흔치 않지."

"그다음도 엮을 예정입니다."

"여섯 개라…… 일반적으로 인간들이 6서클에 도달하는 경우는 40~50세 사이. 제법 재능이 있다는 아이들도 그러던데."

"제 재능은 그 '제법' 수준이 아니라서 말이지요."

"흐음."

세계수는 굳이 내 말을 부정하지 않았다.

대신 다른 쪽을 물었다.

"추도문을 외운 건 너였니?"

"그렇습니다."

내 대답에 그녀는 의외라는 눈으로 날 보며 말했다.

"흥미롭구나. 설마하니 이 시대에 추도문을 아는 이가

있을 것이라고는 생각 못했는데."

게다가…….

"설마하니, 신물의 인정을 받은 것도 모자라서 저 언니를 '유지'시킬 줄이야."

[그건 나도 놀랐어, 유그.]

세트는 세계수의 주변을 맴돌며 말했다.

[설마하니, '토트'의 기록을 손에 넣은 것도 모자라서 이렇게 빠르게 성장할 줄은 생각도 못했으니까.]

"……토트?"

크게 변화가 없던 세계수의 눈동자가 작게 흔들렸다.

"토트의 기록을 이어받았다는 건, 당연히 신물에 대한 정보와 그 '수많은 지식'도 알고 있다는 것일 텐데……."

"맞습니다."

실제로 회귀 전, 내가 토트의 지식에 닿았던 것은 사실.

그런고로 거짓말은 아니다.

"그의 기록이 있다면…… 흠, 내가 처한 상황도 어느 정도 인지하고 있다는 말이구나."

"어디까지나 짐작입니다만."

난 그렇게 운을 뗀 뒤, 내가 짐작한 것들을 말했다.

"마신, 혹은 그에 준하는 무언가가 연관된 게 아닙니까."

"……!"

내 말에 그녀가 잠시 동요한 듯 눈을 크게 떴다.

다른 것도 아니고 세계수.

그 정도의 존재를 좀먹고 병들게 할 존재라고 하면, 후보군은 얼마 되지 않는다.

마신, 혹은 그에 준하는 존재.

악마와 마신은 이 세계에 속한 존재가 아니다.

당연히 이 세계를 유지하고 땅을 관리하는 세계수는 눈엣가시나 다름이 없는 존재인 것이다.

"……과연, 토트의 기록이네. 맞아. 그 끔찍한 자의 잔재 때문에 문제가 벌어졌지."

그녀는 그렇게 말하고는 손에 쥔 찻잔을 한번 쓸었다.

"언니, 기억하나요? 마신이 패퇴하고 그를 따르던 군주들이 무저갱 아래로 떨어졌을 때요."

[……기억 못할 리가.]

씁쓸한 목소리로 세트가 세계수의 말을 받았다.

[그만큼 많은 걸 잃었지. 그것으로도 끝장내지 못했기에, 후대를 위해 우리는 선택할 수밖에 없었고.]

"우리는 완전히 끝장내야 했어요. 그때가 처음이자 마지막 기회였죠. 하나, 결과적으로 끝장내지 못했고……."

천천히 세계수가 자신의 손을 들었다.

그 순간, 애써 그녀가 가리고 있던 현실이 드러났다.

파삭.

새하얗던 피부에 균열이 일더니, 이내 끝부분이 무너져

내렸다.

무너진 부분은 새카만 연기를 피우며 검게 타올랐다.

[너, 그건……!]

"마신의 피육은 확실히 끈질기더군요. 마신이 완전히 끝장났다면 모르지만, 안타깝게도 그렇지 못했으니까요."

뭔가 앞뒤 잘라먹고 이어지는 대화 같지만, 그것만으로도 어찌 된 사정인지 알 것 같았다.

어째서 그 강대한 세계수가 죽어 갔는지.

"직접 감당하고자 하신 겁니까. 그대로 두면 그게 세계를 좀먹을 것이 뻔했으니."

"나로서는 선택의 여지가 없었지. 솔직히 그때는 내가 감당할 수도 있지 않을까 조금 자만하기도 했었고."

하나 아니었다.

그녀의 생각보다 마신의 잔재가 품은 힘은 강력했고, 날이 갈수록 강해졌다.

그녀가 품은 생명력은 분명 참으로 오랫동안 그 잔재에 대항하며 맞서 싸웠지만, 그조차 시간이 지날수록 힘들어졌다.

"인간의 식대로 말하자면, 난 치사율이 100에 달하는 독을 자청해서 이식받은 거란다. 그때는 그 정도라고 생각하지 않아서 무작정 감당했던 건데……."

"결국은 감당할 수 없었다는 거군요."

"뭐, 그렇지."

그녀는 곧 소멸한다고 해도 이상하지 않을 정도였다.

그 정도로 상태가 좋지 않았다.

[유, 유그…….]

"괜찮아요, 언니. 다른 분들은 더 큰 걸 감당했잖아요. 오히려 제 쪽이 편했죠."

그녀는 체념한 기색으로 힘없이 웃었다.

난 그런 그녀에게 조심스레 물었다.

"얼마나 더 버티실 수 있습니까."

"나흘 안에 결정이 나겠지. 거의 끝났다 보는 편이 좋겠지만, 그래도 그때까지는 아주 조금의 여지 정도는 있어."

여지는 있다.

즉, 세계수 본인도 어느 정도 희망을 품을 뭔가가 있다는 것.

분명 회귀 전에도 요정왕, 지하드가 그리 말하기도 했었고.

- 내가 할 수 있었어.

세계수의 사후, 지하드는 끊임없이 자신의 무능을 자책했다.

단 한 번 기회가 있었다고.

그 기회를 붙잡았다면 분명 해결할 수 있었을 거라고.

"이해했습니다. 아직 당신의 정수까지 마신의 잔재가 퍼

가만히 듣고 있던 세트가 어깨 위에서 길길이 날뛰었지만, 대충 못들은 채 했다.

“뭘 원하는데?”

“별것 아닙니다. 당신에게 있는 것 중 가장 뛰어나며 오래된 나뭇가지.”

세계수의 ‘특별한’ 나뭇가지.

현존하는 그 어떤 스태프에도 들어가지 않은 특별한 재료.

이건 단순히 내 스태프만을 위해서도 아니었다.

그녀의 문제를 해결하기 위해서라도 그게 필요했다.

“그걸 받고 싶습니다.”

7장

"……어찌해야 좋은가."

지하드는 비쩍 마른 세계수를 쳐다보며 작게 한숨을 쉬었다.

언제나 시간이 날 때면 그는 세계수 앞에서 생각에 잠기고는 했다.

세계수의 죽음.

그게 어떤 의미인지 알기에, 더더욱 신중해질 수밖에 없다.

아버지에게는 호기롭게 대답했지만 결국 이런 식이다.

"제발 답해 주소서, 위대한 어머니시여. 저희가 어찌해야 당신을 구할 수 있단 말입니까."

지하드는 간절히, 또 간절히 요청했다.

세계수가 시름시름 앓고 말라 가기 시작했을 때부터 그녀가 엘프들의 말에 답한 적이 없음은 알았으나 어쩌겠는가.

방법이 없는 것을…….

그 날 이후, 그들이 할 수 있는 최선은 이렇게 계속 세계수에게 말을 거는 것뿐이었으니.

그저 그들을 돌보던 어미가 이 소망에 답하길 바라며.

지하드는 기다렸다.

하지만 언제나 그러하듯 세계수는 답하지 않았다.

답하지 않은 것인지, 아니면 더 이상 답할 기운조차 없는 것인지 모르겠지만.

"괜찮습니다."

지하드는 애써 실망한 기색을 감춘 채 웃었다.

"당신께서 저희에게 실망한 것이 있다면 고치겠습니다. 만약, 저희를 돌볼 수 없는 상황이기에 이런 것이라면 당연히 선대께서 그러셨듯이 방법을 강구할 것입니다."

답하지 않더라도 상관없다.

그는 동족의 운명을 짊어지고 있었다.

현 왕인 아버지가 노쇠해 가는 이상, 앞으로의 모든 짐은 자신이 짊어져야 했다.

"하지만 이것만큼은 알아주소서. 저희는 어미를 버리지 않을 것이며, 최초가 최후가 되게 하지 않을 것입니다."

그러니 제발…….

지하드는 다시 한번 고개를 숙였다.

부디, 자신의 대에서 동족의 숙원이 이뤄지기를.

신께서 계시다면 제발.

부디 자신의 이 소망을 들어주시기를 간절히 바랐다.

그런데 그때.

「나의 아이야.」

간절히 기도를 올리고 있던 지하드의 머리 위에서 성스러운 목소리가 들려왔다.

"……!"

순간, 지하드는 반사적으로 고개를 번쩍 들고는 주변을 두리번거렸다.

「이곳이란다.」

목소리가 들린 방향으로 시선을 향하자, 환한 빛이 눈앞을 가득 채웠다.

차오르는 신성함에 그는 저도 모르게 다시 고개를 박았다.

'설마.'

그럴 리가 없다 속으로 말하면서도, 지하드의 두 눈은 환희로 떨리고 있었다.

어찌 모르겠는가!

엘프가 되어, 그것도 그들을 이끄는 운명을 타고난 자신이 이걸 모를 리가 없다.

"어, 어머니십니까……?"

「누군가는 어머니라 부르겠고, 또 누군가는 날 세계수라

칭하기도 하겠지. 어쨌든 네가 생각하는 것이 맞을 것이다.」

그 순간.

"아아, 인자한 세계수시여! 우리를 감싸 안으셨던 위대한 최초의 나무시여!"

지하드는 세계수의 존재감에 감동해 눈물을 줄줄 흘렸다.

그의 엘프로서의 영혼이 말하고 있었다.

이 목소리는 세계수가 맞다고.

동족이 그리도 바랐으며, 아버지가 그렇게도 응답을 바랐던 그분이라고!

"제가 무엇을 하면 되겠습니까! 당신께서 짊어진 짐을 어찌하면 해결할 수 있겠습니까!"

「시간이 없다, 아이야.」

세계수는 안타깝다는 듯, 빛으로 그를 어루만지며 말했다.

「어둠이 날 집어삼키려 하는구나. 하나, 아직은 시간이 있다. 내 빛과 함께 하는 자가 있을 것이다. 그를 돕는다면 희망이 우리를 비출 것이니…….」

"어머니의 빛이 함께 하는 자…… 말씀해 주소서! 그가 누구입니까! 반드시 찾아, 제 목숨을 바쳐 그를 돕겠습니다!"

피를 토하는 심정으로 지하드가 소리쳤다.

동족을 멸망의 운명에서 구할 수 있다면, 자신의 목숨은 상관없었다.

그때였다.

"어디 있기는, 네 뒤에 있지."

"……?!"

갑작스레 뒤에서 들린 목소리.

지하드는 화들짝 놀라며 뒤를 돌아봤다.

금발의 인간 남자가 삐딱한 미소와 함께 서 있었다.

"다, 당신은……."

"자, 세계수 말 들었지?"

그는 아무렇지도 않은 얼굴로 어깨를 으쓱대며 말했다.

"안내해라."

"……누구세요?"

"미하일 발푸르기스."

그는 엉거주춤하게 서 있는 지하드의 목덜미를 붙잡고는 강제로 일으킨 뒤 말했다.

"취미로 세계수의 대행자를 하고 있는 사람이다."

"……예?"

아니, 취미는 또 뭔데.

생전 처음 보는 풀과 꽃들이 바람에 부드럽게 살랑였다.

사방에서 자그마한 요정들이 재잘대며 날아다니고 있었고, 거대한 나무 기둥에는 줄기가 얽히고설켜 만들어진 아름다운 건물들이 매달려 있었다.
물은 마치 하늘을 담기라도 한 듯 한결같이 푸른빛이었고.
하하.
'이런 풍경이었던가.'
요정의 숲.
엘프들의 근원지이자, 세상에서 가장 위대하며 깊은 숲.
여긴 나조차도 처음 보는 광경이었다.
그도 그럴 것이, 내가 이 숲을 방문했을 때는 이미 모든 게 늦어 있었으니까.
세계수가 죽었다.
왕 또한 악마에 의해 죽었고, 남은 것은 상처 입은 엘프들과 그들의 왕자인 지하드뿐.
내가 도착했을 때는 정말로 모든 것이 손쓸 도리가 없을 정도로 망가진 채였던 것이다.
불에 타고, 짓밟히고.
정말 텅 빈 숲뿐이었으니.
'설마하니, 이곳으로 바로 이동시켜 줄 줄이야.'
세계수는 대화가 끝난 후, 그녀는 조금의 망설임도 없이 곧바로 날 숲으로 이동시켰다.
[미하일, 그 아이를 구하자. 너라면 할 수 있는 거지?]
"구해야지."
세계수의 존재는 이 세계 전체를 봤을 때도 무척 중요하다.

그녀의 존재만으로 마신의 개입을 효율적으로 막을 수 있으니.

괜히 놈이 잔재를 이용해 끈질기게 그녀를 괴롭힌 것이 아닌 것이다.

'우선은 현 요정왕의 운명부터 바꾸는 편이 옳겠지.'

그는 노쇠했으나 이 문제만 아니었다면, 한참 더 살 수 있는 존재였다.

엘프의 수명은 무척 길다.

현 요정왕은 분명 적지 않은 세월을 살았으나, 아직 수명이 다할 때는 아니었으니.

하나 그가 요절한 이유가 있다면 그것은 단 하나.

'세계수의 죽음.'

세계수가 죽자마자 귀신같이 바깥으로 풀려난 마신의 잔재에게 사망했다.

현 요정왕은 결코 무능한 자가 아니다.

살아 있는 것이 몇 배는 이득인 자.

죽게 놔둘 수는 없지.

"저, 저기요?"

그때, 내 뒤에서 걷고 있던 지하드가 소심하게 물었다.

"안내해 달라고 하지 않으셨나요? 근데 그냥 혼자 앞장

서서 걷고 계신데."

"대충 이 길 맞잖아."

"그건…… 그런데."

"틀리면 말해. 그럼 알아서 말한 쪽으로 움직일 테니까."

길 자체는 기억하고 있다.

완전 초토화가 되었던 숲이라도 길만큼은 남아 있었으니.

그때, 지하드가 물었다.

"저기…… 어머니를 직접 만나신 건가요? 정말 그분에게 직접 그 말씀을……."

"어, 맞아. 자길 구하라더라."

"방법은 뭔가요? 말씀만 하시면 바로 제가 필요한 걸 준비할 테니 말해 주세요."

"지금은 괜찮아."

애초에 무작정 악마를 때려잡는다고 해서, 세계수가 해방되거나 그러지는 않는다.

세계수를 뒤덮고 있는 것은 당장 단신으로 어떻게 할 수 있는 존재도 아니고.

내가 별 반응이 없었기 때문일까. 지하드는 조급한 표정으로 내게 다시 물었다.

"그런데 혼자 오신 겁니까?"

"아니. 근데 다 알아서 찾아올 테니 걱정 안 해도 돼."

"……알아서요?"

이상한 말을 들었다는 듯 지하드가 고개를 갸웃거렸다.

"제가 대행자님의 동료의 능력을 불신하는 건 아닙니다만, 저희들의 숲은 그렇게 들어오기 쉬운 공간이 아닙니다."

"그래, 쉬운 공간은 아니지."

요정의 숲은 '내부'에서 뚫렸지 '외부'에 뚫린 적은 없으니.

하나.

"그런데 저 바깥에 있는 사람 하나가 그 상식과는 좀 많이 떨어진 사람이거든."

"……예?"

지하드가 눈을 동그랗게 떴다.

"아니, 아무리 그래도……."

그때였다.

"와, 왕자님!"

다급하게 엘프 경비병 하나가 뛰어오더니 소리쳤다.

"치, 침입자입니다!"

"뭐, 뭣?!"

지하드가 눈을 부릅떴다.

"무슨 말입니까, 침입자라니! 경계를 뚫고 침입한 자가 있다는 말입니까?!"

지하드의 눈동자가 마구 떨렸다.

그럴 수밖에.

다른 곳도 아니고 이곳 요정의 숲에 침입자가 있다는 건 보통 일이 아니니.

하지만 그냥 놔두면 한소리 들을 테니 먼저 나섰다.

"아, 괜찮아. 아까 말한 그 좀 상식적이지 못한 사람이니."

"……예?"

"왕자님, 이자는……."

지하드와 경비병이 누가 할 것 없이 영문을 모르겠다는 표정으로 날 쳐다봤다.

하지만 난 느긋하게 뒷짐을 진 채 걸음을 옮겼다.

"어디 있는지는 대충 감이 잡히니 따라와라."

"어, 아니, 분명 제가 안내를 하라고 하신 것 같은……."

"어허, 사소한 거 신경 쓰는 거 아니야."

"……아, 예."

뒤에서 어디 망나니 보는 듯한 시선으로 날 보는 게 느껴졌지만 무시하기로 했다.

'이조차도 그립군.'

- 제정신인가, 미하일?

회귀 전의 그도 틈만 나면 날 저렇게 봤으니 익숙하거든.

난 천천히 일행의 기운을 찾아 움직였다.

미리 이런 일이 벌어질 줄 알고 확인을 해 뒀으니 찾는 건 어렵지 않다.

잠시 후, 우리는 일행이 있는 장소에 도착했다.

그리고…….

"이, 이건 또 뭐야?!"

지하드는 입을 벌린 채, 멍하니 제 앞에 펼쳐진 개판 5분 전의 상황을 쳐다봤다.

"으아아아, 플라잉 휴먼이다!"

"인간이 날고 있어!"

"플라잉 휴먼이 넷이나!"

엘프들이 하늘을 쳐다보며 미친 듯이 소리치고 있었다.

하늘에 있는 것은 말을 탄 채로 화려하게 비행하는 사람 넷.

그걸 보며 엘프 하나가 손가락질을 하며 소리쳤다.

"저것이 멸망의 4기수인가!"

"정신 나갈 거 같아!"

"쏩시다!"

엘프들은 눈을 까뒤집은 채로 '불행이 징조'니 뭐니 아며 난리법석을 피우고 있었다.

난 그것을 보며 잠시 주변의 싱그러운 풀 향기에 취했다.

음, 그래.

"내 모자란 일행이 좀 많이 폐를 끼친 것 같군."

"……."

날 따라왔던 경비병과 지하드가 지그시 날 쳐다봤다.

오랜만에 맞는 힐난의 눈빛.

솔직히 좀 아팠다.

몇 분 후,

호기롭게 말들을 비행시키며 요정의 숲 돌파 작전을 벌였던 네 사람은 그대로 엘프들에게 검거됐다.

"아주 참 잘 하는 짓이다. 집사도 말릴 생각은 안 하고, 아주 참 신났지?"

"아닌데. 집사 어르신이 먼저 시작했는데."

슬쩍 리안이 집사에게서 고개를 돌리며 고자질을 했다.

난 조용히 집사를 쳐다봤다.

"그래, 아주 참 잘하는 짓이야. 집사, 말해 봐. 사실 8서클 대마도사라거나 그런 거 아니야?"

"마도구인데요."

"마도구 중에 뭐 말에 날개를 달아주는 게 있던가?"

"있을지도 모르는 것 아닙니까? 도련님, 그렇게 모든 것을 마법 만능으로 생각하는 것은 마도구 혐오입니다."

"여기 엘프들은 그렇게 생각 안 하는 거 같은데."

"......."

집사가 슬쩍 자신을 노려보고 있는 엘프들을 쳐다봤다.

그러고는 슬쩍 고개를 숙였다.

"……옙, 제가 죽일 놈이지요."

그렇게 말하던 중, 갑작스레 분노조절 장애가 또 도진 집사가 소리쳤다.

"아니, 근데 그렇게 따지면 저희를 버리고 간 도련님이 더 문제 아닙니까?! 그럴 거면 방치를 하지 마시든가!"

"흠."

"흠, 이 아니지! 종자의 잘못은 주인의 잘못! 고로, 이건 저만이 아니라 도련님의……."

"좋아, 구속시켜."

난 지하드를 슬쩍 보며 눈짓했다.

지하드는 벙찐 표정으로 날 쳐다보더니, 이내 엘프 병사들을 불렀다.

"구속시키세요."

지하드의 말에, 병사들 역시 벙찐 표정을 지었으나, 명령대로 집사를 붙잡았다.

"……도, 도련님? 도련님! 제가 잘못했습니다! 생각해 보니, 주인의 잘못도 종자의 잘못이 맞지요, 넵!"

"늦었어."

하지만 난 대충 손을 저어 집사를 넘기고는 다른 셋을 봤다.

"자, 그래서 어쨌건 잘들 들어왔네? 축하한다."

"하늘을 나는 말을 타고 다니는 것도 재밌긴 하던데요."

"……뭐, 확실히."

카산드라와 성기사가 연달아 말했다.

리안은 허망한 표정으로 집사가 있던 자리를 쳐다보더니 나한테 말했다.

"그래서 뭘 할 건데?"

"세계수의 가지를 받았다. 근데 가불받은 거라 좀 일을 해 주긴 해야 할 거 같거든?"

난 셋을 쳐다보며 말했다.

"나랑 일 좀 하나 하자."

"여기가 아버지께서 거하시는 요정의 궁입니다."

집사가 구속돼서 끌려가거나 하는 사소한 일이 있기는 했지만, 어쨌건 별일은 없었다.

요정의 궁.

태초부터, 엘프와 요정은 서로 공존하며 살아왔다.

그리고 그중에서 '요정왕'이란 그 양 종족의 합의에 의해 선출된 요정과 엘프의 왕.

정확히 말하자면, 모든 요정의 인정을 받은 엘프인 셈이다.

그리고 이곳은 그 요정왕이 거하는 궁이며, 세계수와 더불어 엘프들에게 있어 가장 '신성한 장소'로 인정받는 공간.

새하얀 나무로 만들어진 계단이 길게 이어져 있었고, 온갖 풀과 나무, 각양각색의 꽃들이 피어 있었다.

왕에 걸맞게 화려하며.

그 무엇보다 '요정'답게 지어져 있었다.

작은 꽃과 나무들 하나하나가 요정들의 집인 동시에 놀이터였으니.

"확실히, 요정의 궁이군."

"예, 왕의 거처인 동시에 요정들의 주거지기도 하지요."

"요정이라……."

이렇게 걱정 없이 조잘대고 있는 생명체들을 보노라니, 감회가 새로웠다.

회귀 전, 요정들은 세계수의 죽음과 함께 흔적도 없이 사라져 볼 수도 없게 되었으니.

그런데 그때였다.

- 인간이다!

- 인간, 그것도 특이한 인간!

궁 근처에서 제멋대로 놀고 있던 요정들이 내게 다가와 맴돌았다.

- 축복을 받은 인간!

- 정말 대단해! 그런 점에 동경하게 돼!

요정들은 고양이나 개처럼 해맑게 웃으며 내 몸에 볼을 비벼댔다.

그것을 본 지하드가 신기하다는 듯 말했다.

"요정들이 외부인에게 이렇게 친근하게 구는 건 흔한 일이 아닌데…… 과연 대행자님이십니다. 대단하시군요."

"귀찮은데."

"……그래도 좀 잘 봐주시길 바랍니다. 착한 아이들이니."

지하드는 식은땀을 흘리며 내게 말했다.

난 피식 웃고는 요정들을 지나쳤다.

이제 왕을 볼 시간이었다.

"……흐음, 여기가 정말 그 엘프들의 궁이라 이거지?"

리안은 팔짱을 낀 채 흥미롭다는 눈으로 주변을 연신 둘러봤다.

하지만 반대로 카산드라와 헬렌 쪽은 놀라는 기색이 없었다.

이 정도야 예상했다는 듯 태연하기 짝이 없는 모습.

"카산드라, 당신은 딱히 이 풍경들이 놀랍지 않나 보군."

"꿈속에서 봤거든요."

"꿈이라면 예언이라 이건가."

"예, 단편적이지만 이렇게 직접 보게 되면 그제야 깨닫게 되죠. 아, 내가 그때 보았던 게 이 풍경이었구나…… 라고."

"흐음."

"분명하게 기억하는 예지는 교국에서 공개적으로 공표한 그 예언뿐이에요. 하지만…… 이런 자잘한 것도 있다는 말이죠."

카산드라는 그렇게 말하며 쓴웃음을 지었다.

수많은 이들에게 외면받은 예언가.

"전 미하일 님을 믿어요."

"……갑자기?"

"갑자기가 아니에요. 딱히 늘 말해도 이상하지 않답니다. 언제나 그리 생각했으니까요."

그녀는 그렇게 말하고는 헬렌 근처로 가서는 가벼운 이야기를 주고받기 시작했다.

……뭐, 좋은 일이다.

예언가인 카산드라의 신뢰를 얻는다는 건, 내게 있어서 이득인 일이니까.

"좋은 일행분들이군요."

그런 날 지켜보는 지하드가 흐뭇한 웃음과 함께 말했다.

"한 분은 신성함이 느껴지고, 나머지 두 분에게서도 강력한 힘이 느껴집니다. 분명, 대행자께 큰 도움이 되겠지요."

"뭐, 틀린 말은 아니군."

“안 그래도 최근, 세상이 급속도로 어지러워지는 것이 조금씩 느껴집니다. 세계수께서도 그것을 아시기에 당신과 같은 존재를 보낸 것일 터…….”

지하드는 성실하게 자신의 생각을 밝혔다.

뭐, 기본적으로 성기사의 말처럼 ‘엘프’라는 종족 자체가 선민의식을 지니고 있는 것은 사실이다.

하지만 어찌 모두가 그러겠나.

최소한 지하드는 그러한 부류가 아니었다.

그것만큼은 동료로서 함께 사선을 넘었던 내가 보장할 수 있다.

지하드는 왕이 있는 대전을 향해 걸으며 내게 말했다.

“세계수께서 날이 갈수록 약해지심에 따라 많은 것이 바뀌었습니다. 그 누구보다 고귀한 가치를 품었다 여겼던 저희조차 그 ‘가치’에 의미를 품을 수밖에 없게 되었지요.”

“가치라…….”

“저희는 지금까지 짊어진 의무만큼 저희들이 고귀하다 여겼습니다. 하나, 결과적으로 저희는 의무를 다하지 못했지요. 세계수님을 지키지 못했으니.”

지하드의 말에 담긴 것은 절절한 자책감이었다.

의무를 다하지 못했으니, 그를 고귀하게 만든 ‘가치’ 또한 사라졌다.

뭐, 그런 거겠지.

실제로 지하드는 세계수가 무너지고, 동족들의 몰락에 끝도 없이 자책하고는 했고.

"이제 지키면 될 일이지."

"……예?"

"어떤 식이건 세계수는 날 당신들에게 보냈잖아? 그거면 되는 것 아닌가?"

"하, 하지만 지금까지……."

"세계수는 살아남았지. 그리고 내가 이곳에 왔다."

그것으로 충분하다.

우선은 세계수를 좀먹고 있는 잔재를 흔적도 없이 치우는 것으로 시작할 것이다.

세계수가 존재하는 것만으로도 마신을 향한 '억제력'이 작동하게 되는 것이니.

결국 이건 어떻게든 엘프들이 세계수를 지탱하려 노력한 덕이다.

그들의 손으로 직접 세계수를 구원한 것은 아니지만, 세계수를 구할 사람이 올 때까지 시간을 벌었다.

"그거면 충분한 것 아닌가?"

"허……."

지하드는 멍하니 날 보았다.

"그런…… 걸까요?"

"그런 거야."

난 회귀 전 그러했듯, 그의 어깨를 가볍게 두들기며 말했다.

"넌 너무 걱정이 많아. 좀 그 어깨의 짐부터 내려놓을 필요가 있을 것 같군."

"으, 음……."

뭐, 지하드의 입장에서 보자면 오늘 생판 처음 만난 사람이 괜한 조언을 하는 것처럼 느껴지겠지만…….

"알겠습니다. 명심하지요."

그는 내 말을 무시하지 않을 것이다.

내가 세계수의 대행자이기 때문만이 아니다.

그는 근본적으로 성실한 성격이니까.

내가 알고 있는 옛 동료, 요정왕이 그러했듯.

그렇게 대화를 이어 가다 보니, 어느새 복도의 끝에 도착했다.

끝에는 거대한 문이 있었다.

현 요정왕이 거하는 대전.

'……사방에 정령들이 도사리고 있군. 유사시에 조금이라도 적의를 보이면 벌집으로 만들겠다 이건가.'

게다가 문 앞을 지키는 엘프 기사들의 경지도 보통이 아니었다.

아마 적의를 드러낸 순간, 이곳에서 나가지도 못하고 온 몸이 분쇄되리라.

“왕자님.”

기사가 정중히 예를 표하며 지하드를 맞이했다.

“방금 전, 들었습니다. 중요한 안건으로 왕께 아뢸 것이 있다고 하셨지요.”

“예, 많은 것을 바꿀 수도 있는 일입니다. 아버지의 상태는 어떠십니까.”

“현재로선 괜찮으십니다. 한데, 뒤의 인간들은…….”

“그 ‘중요한 안건’과 관련된 사람들입니다.”

지하드의 대답에 기사의 시선이 한차례 우리를 훑었다.

그 기사가 내 쪽에 시선을 멈추더니, 이채를 띠었다.

“……정령과 요정들의 사랑을 받고 있군요. 인간이 그러기는 쉽지 않은데. 좋습니다.”

기사는 다시 한번 지하드에게 예를 표했다.

요정왕을 지키는 기사는 제아무리 왕자라 할지라도 쉽게 대할 수 없는 존재.

쿠궁.

천천히 대전의 문이 열렸다.

그리고…….

요정왕의 모습이 보였다.

여느 엘프가 그러하듯, 요정왕 또한 무척이나 미려한 외모를 하고 있었다.

어깨까지 내려오는 밤색의 머리카락과 녹빛의 눈동자.

세계수와 조금 닮아 있었다.

다른 점이 있다면 세계수가 취했던 모습과는 달리 귀가 조금 길다는 것 정도일까.

"어서 오게."

요정왕은 제 아들 뒤의 우리를 보면서도, 어째서 왔는지 또 누구인지 묻지 않았다.

"아들이 환영한다면 나 역시도 환영해야겠지. 요정의 숲에 온 것을 환영하네. 이곳까지 당도한 인간은 정말 오랜만이군."

"환대에 감사드립니다, 요정들의 유구한 보호자여."

난 엘프들의 예식에 맞게끔 예를 표했다.

그런 내 반응에 요정왕의 눈에 이채가 돌았다.

"우리의 예법을 아는군."

"엘프들의 거처에 발을 들이는데, 그 정도야 당연하지요."

"……?!"

내 말에 리안이 눈을 부릅뜬 채 날 쳐다봤다.

저 새끼가 그 정도의 상식이 있었어?

대충 그런 표정.
'넌 나중에 보자.'
속으로 그렇게 생각하면서도, 난 조금의 표정도 흐트러뜨리지 않았다.
요정왕은 이내 지하드 쪽으로 시선을 돌렸다.
"그래서 그 '중요한 일'이 무엇이더냐, 지하드. 이들과 연관됐다는 건 알겠다만."
"놀라지 마십시오, 아버지."
지하드는 떨리는 목소리로 요정왕을 향해 말했다.
"세계수께서, 제 앞에 잠시 존재를 드러내셨습니다."
"……!"
요정왕이 눈을 부릅떴다.
믿을 수 없다는 표정 그대로 의자에 앉은 채 굳어 있던 그는 별안간 튕기듯 일어섰다.
쿵!
그 순간, 강렬한 기세가 모두의 어깨를 짓누르기 시작했다.
'역시, 요정왕이라 이건가.'
엘프들과 요정들을 이끄는 왕이 약할 리가 있겠는가.
존재 자체가 완벽에 가깝게 태어난 것이 바로 요정왕.
- 으으, 왕이 화났어!
- 무서워! 무서워!

주변에 있던 요정들이 파르르 몸을 떨었다.

요정왕은 제 아들을 지그시 노려보더니 말했다.

“착각으로 그분을 느꼈다 할지라도, 그건 그리 쉽게 꺼내도 될 이야기가 아니다. 아들아.”

떨림이 가득한 목소리.

아들의 말이라도 도저히 믿을 수 없을 정도의 사실이겠지.

“세계수께서는 이미 한참 전부터 우리의 부름에 응답하지 않으셨다! 그러실 수 없을 정도로 쇠약해지셨기에! 아들아, 네가 진정 그 의미를 안다면……!”

“알고 있습니다.”

지하드는 단호하게 답했다.

“그렇기에 말하는 것입니다. 제 말이 결코 가볍지 않고, 중요하다는 사실을 알기에.”

그 말에 요정왕이 잠시 몸을 멈칫거렸다.

지하드의 눈에서 무언가를 본 것인지.

그는 끓어오르는 감정을 애써 진정시킨 뒤, 물었다.

“……네 말에 증거가 있더냐. 증명할 수 없는 말에는 가치가 없다. 하물며, 세계수님과 관련된 화제라면 더더욱!”

“그것은…….”

잠시, 지하드의 말이 막혔다.

증명을 하는 것은 생각만큼 쉽지 않다.

당연히 순간, 머릿속에서 여러 생각이 오갈 터.

슬슬 나설 때인가. .

"있습니다."

속으로 타이밍을 재던 난 곧바로 앞으로 나섰다.

갑자기 나선 날 보는 요정왕의 눈썹이 꿈틀거렸다.

"혹시, 그대가 내 아이에게 괜한 바람을 주입시킨 것인가?"

"글쎄요. 직접 보고 판단하시면 될 일이 아니겠습니까."

"그게 무슨……."

난 요정왕의 말이 채 끝나기도 전에, 품속에서 천천히 준비해 둔 것을 꺼냈다.

그 순간.

"그, 그것은……!"

그것을 본 왕이 뒷걸음질을 쳤다.

체통조차 잊은 채, 그는 몸을 부들부들 떨었다.

"그분의 가지가 아닌가!"

내가 꺼낸 것은 다름 아닌, 세계수에게 가불받았던 가지.

가지는 은은한 빛을 내뿜으며 생명력을 자랑하고 있었다.

단순히 '현실'에 존재하는 세계수의 가지와는 다르다.

이건 세계수가 직접 자신의 일부를 내렸다는 증거.

그녀에게 인정받았다는 의미.

"요정왕께서는 그 누구보다 이 가지의 의미를 아시겠지요."

요정왕은 그 가지에서 눈을 떼지 못했다.

그렇게 한참을 쳐다보다가.

"아."

이윽고 내게로 고개를 돌렸다.

엘프를 이끄는 지도자인 그가 이 의미를 모를 리가 없다.

"대행자."

세계수의 대행자.

그건 엘프들에게 있어서 말 그대로 '신'의 대리자와 같다.

세계수를 모시듯 그를 대해야 하는 것이 엘프의 법도.

그뿐만이 아니다.

난 지금, 누대에 걸쳐 이어진 엘프들의 비극을 끝내기 위해 이 자리에 섰다.

쿵!

요정왕이 날 보며 무릎을 꿇었다.

왕으로서의 체면은 전부 내려 두고서 온전히 엘프로서.

구원자를 향해.

"현 요정왕, 지렌하다스가 세계수의 대행자를 뵙습니다!"

왕의 목소리에는 격정이 가득했다.

몇 대에 걸쳐서도 이루지 못했을 비원을 향한 외침.

굴욕과는 거리가 먼 간청.

그는 활활 타오르는 눈빛으로 날 쳐다보며 소리쳤다.

"부디, 저희를 구원하소서!"

꿈틀.

'그것'이 이상함을 느낀 건 그 순간이었다.

지금까지 그러했듯 탐욕스럽게 먹잇감을 삼키기 위해 애를 쓰고 있었다.

참으로 공을 많이 들였다.

그것에게는 그리 대단한 이성이 없었다.

그저 본능적으로 제 먹잇감을 탐할 뿐.

하나 어째서일까.

그것은 그리 높은 지능을 가지고 있지도 않건만, 저도 모르게 무언가를 느꼈다.

직감, 아니 본능이라 봐도 좋으리라.

자신의 '식탐'을 방해하는 무언가가 있을 것 같다는 느낌.

움찔.

불쾌감을 느꼈다.

이제 먹잇감을 무너뜨리고 찢어발기기까지 얼마 남지 않았지만, 알 수 없는 위기감이 그것을 덮쳤다.

움직인다.

먹잇감의 '정수'까지 닿았던 손을 떼고 이빨을 집어넣는다.

위협부터 제거해야 한다.

무엇을 해야 할지, 어떤 식으로 움직여야 할지와 같은 계산은 하지 않는다.

그저 본능적으로 움직일 뿐.

키득.

그것은 흉악한 웃음을 지으며 천천히 움직였다.

간만에 다른 먹이를 맛보는 것도 나쁘지는 않겠지.

그래.

뭐, 별일이야 있겠는가.

"아아."

내 말에 요정왕은 북받치는 감정을 이기지 못한 듯 들뜬 목소리로 말했다.

"진정 대행자께서 내 대에 이렇게 오시다니……!"

"세계수는 단 한 번도 당신들을 버린 적이 없습니다. 개입할 수 없는 상황이었지만, 어떻게든 돕고자 하였지요."

"아아……!"

그렇게 한참을 감격에 젖어 있던 그는 이내 간신히 정신을 차리고는 날 보며 간절한 목소리로 외쳤다.

"제가, 제가 무엇을 하면 되겠습니까! 말씀해 주시지요. 그분에게 도움이 되는 일이라면 무엇이든 하겠습니다!"

"우선 문제를 해결하기 위해 필요한 건 한가지입니다."

"그게…… 무엇입니까?"

"이 세계수의 가지에 의미를 부여해야지요."

난 단호하게 말했다.

"의미라 하시면……."

"이 가지를 재료로 세계수를 좀먹고 있는 독기를 정화할 수 있는 도구를 만들 셈입니다. 그리고 그걸 위해서는 조금 섬세한 작업이 필요하지요."

내 말에 요정왕이 눈을 빛냈다.

현명한 그답게 내가 뭘 말하려는지 바로 눈치챈 것이다.

"확실히 적잖게 섬세한 작업이 필요할 것 같군요. 때마침 저희에게 그에 걸맞은 작업장이 존재합니다."

요정왕은 재차 말을 이었다.

"역대 왕들의 무구를 작업했던 전설 속의 장인, 우르드가 사용했던 작업실입니다. 그는 이제 없지만, 작업장만큼은 조금도 훼손되지 않은 채 남아 있지요."

"우르드의 샘 말씀이시군요."

"……!"

내 말에 요정왕이 놀랍다는 듯 날 쳐다봤다.

"그것도 알고 계셨습니까?"

"세계수가 아무나 선택할 리는 없지요. 당연히 그에 관한 정보도 전부 파악하고 있습니다."

우르드의 샘.

가장 위대한 엘프 대장장이의 작업장이자, 가장 위대한 마도구들이 만들어진 근원지.

회귀 전.

난 여기서 무수히 많은 마도구들을 만들었다.

살아남기 위해서라도 그래야만 했다.

그리고 그중에서는…….

'내 스태프가 있었지.'

아주 알뜰살뜰 써먹었던 내 전용의 신화급 스태프.

미리 보주도 만들어 놨겠다.

이제 하나 만들 때도 됐다.

[하여간.]

속으로 히죽 웃는 날 보며 세트가 작게 한숨을 쉬었다.

[……정말 넌 손해를 보는 법이 없구나.]

당연히 보는 법이 없어야지.

앞으로 온갖 이득을 보고 준비를 해도 마신을 막을 수 있을지 없을지 모르는데.

요정왕이 곧바로 말했다.

"그렇다면 더 시간을 지체할 필요도 없겠군요. 바로 제가 샘으로 안내하겠습니다."

"아뇨, 괜찮습니다. 요정왕께는 따로 부탁드릴 일이 있기에."

"말만 하시지요."

난 요정왕을 쳐다보며 말했다.

"아실지 모르겠지만, 현재 세계수를 좀먹고 있는 건 다름 아닌 마신의 잔재입니다."

"마신이라면 설마……!"

"예, 인류의 적. 이단의 정점. 왕께서 생각하시는 그것이 맞습니다."

그 말에 요정왕이 당황한 표정으로 내게 소리쳤다.

"하, 하지만 그렇게 사악한 기운은 느껴지지 않았습니다! 실제로 그랬다면 저희들이 감지하지 못했을 리가……!"

"그야, 세계수가 여태까지 전부 품고 있었기 때문이지요."

"……!"

"그게 그녀가 할 수 있는 최선이었던 겁니다. 물론 당신들에게 도움을 요청했을지도 모르지만, 워낙 미약해 전해지지 않았을 겁니다."

내 말에 요정왕이 이마를 짚으며 눈을 질끈 감았다.

"그, 그런……."

"엘프의 탓은 아닙니다. 어느 쪽이건 최선을 다했으나 닿지 않았을 뿐. 지금부터라도 해결하면 될 일이지요."

이제 여기서부터 본론이다.

"문제는 제가 작업에 들어가면 그 잔재가 무언가를 눈치채고 위협을 할 것이라는 점입니다."

"그 말은……!"

"예, 요정의 숲에 가볍지 않은 위협이 닥칠 겁니다."

내 말에 요정왕의 표정이 굳었다.

내 말이 단순한 위협 수준이 아님을 감지한 것이리라.

"……준비해야겠군요."

"예, 그래야지요. 하지만 지체할 수도 없는 상황, 서로가 빠르게 움직여야 할 겁니다."

잔재의 힘은 결코 약하지 않다.

다른 것도 아니고, 그 세계수가 공멸한 존재가 아닌가.

설령 세계수가 억제하려 한다 해도 붙잡는 것에는 한계가 있다.

간신히 정수를 지키고 있던 세계수가 놈의 폭주를 제대로 억제할 수 있을 리가 없으니.

"쉽지 않을 겁니다."

"명심하겠습니다."

요정왕은 결연히 대답했다.

힘들다거나 시간이 필요하다는 말은 하지 않는다.

세계수에게 시간이 없음은 그 누구보다 그가 가장 잘 알고 있을 것이니.

요정왕은 곧바로 지하드에게 고개를 돌려서는 말했다.

"네가 안내해 드리거라. 난 대행자님의 말씀대로 숲의 병사들과 기사들을 모을 것이다. 온갖 수단을 동원해 위협을 방어할 것이니."

"잔재는 강력하지만 시간을 벌 수단은 있습니다. 우선은……."

난 곧바로 요정왕에게 미리 준비해뒀던 마도구를 건넸다.

전부 잔재에게 극상성을 지닌 것들로만 선별했으니, 꽤 효과적일 터.

"이걸 활용하면 어떻게든 시간은 버틸 수 있을 겁니다."

"명심하겠습니다."

그 외에도 난 요정왕에게 몇 가지를 더 말해 주었다.

그리고 카산드라 쪽으로 시선을 돌렸다.

"카산드라."

"저도 헬렌 경과 함께 엘프들을 도울게요. 그거 부탁하시려고 한 거 맞죠?"

"어, 맞아."

이래서 주변에 예언가가 있으면 좋아.

별말 안 해도 알아서 이해해 주니까.

옆에 있던 리안이 슬쩍 물었다.

"야, 난 뭐 하면 되냐."

"뭘 하긴 뭘 해. 너도 이 둘하고 같이 움직여야지."

"……조언할 건?"

"어차피 위험한 상황에서는 알아서 각성할 걸? 네 재능이면 뭐든 할 수 있다. 파이팅."

"시발."

내 말에 리안이 툴툴대며 카산드라 쪽으로 움직였다.

그럼 대충 준비는 됐고.

"자, 그럼……."

난 지하드를 보며 말했다.

"이제 가 볼까?"

"예!"

내 말에 지하드가 고개를 끄덕였다.

'……오랜만이군.'

우르드의 샘으로 향하며 난 잠시 생각에 빠졌다.

회귀 전, 우르드의 샘.

지금과는 상황도 달랐고 주변의 풍경도 완전히 달랐다.

그때는 절망적이었지.

당시, 난 어떻게든 남은 이들이라도 살리기 위해 필사적으로 마도구를 만들었었다.

끊임없이.

잠도 자지 않고, 계속해서.

덕분에 마도구의 제작에는 도가 트게 됐으니, 의미가 없지는 않았다 볼 수 있으리라.

'당장 지금도, 그 노력 덕분에 얻어낸 기회라 할 수 있으니.'

지금 내가 하는 모든 것이 회귀 전의 노력에서 비롯된 것이 아니던가.

그런 생각을 하던 중,

"정말 다행입니다."

지하드의 목소리가 들려왔다.

"만약 대행자님이 아니었다면, 저희는 세계수님께서 무너지는 것을 무력하게 쳐다만 봐야 했을 테지요."

"아닐 수도 있지."

"……하하, 저도 그랬으면 좋았을 것 같습니다만."

내 말에 지하드는 쓴웃음을 짓고는 말을 이었다.

"결과적으로, 전 아무것도 밝혀내지 못했으니까요. 세계수께서 어째서 그리 생명력을 잃어 가셨고, 무너졌는지…… 방법을 찾기는커녕 이유조차 알지 못했으니까요."

확실히 회귀 전, 지하드가 맞이했던 현실은 가혹했다.

세계수는 결국 생명력을 소모하고 마신의 잔재에 먹혔다.

간신히 그녀가 놈과 공멸하는 것에는 성공했으나, 그 과정에서 현 요정왕 또한 희생됐고.

하지만.

'그렇다고 하여 엘프들이 그저 무능했던가?'

아니, 그것은 아니었다.

그들은 그 당시에 할 수 있는 최선을 다했고, 그것으로도 부족할 정도로 현실이 가혹했을 뿐. 다른 이유는 없었다.

그렇기에 여기에 온 것이고.

또 같은 걸 보고 싶은 생각 따위는 조금도 없다.

"자책하지 마. 지금부터 바꾸면 그만인 일 아닌가?"

"하지만……."

"지나간 일을 신경 쓰는 건 미련한 짓이다. 흘러간 것들은 흘러간 대로 둬야지."

내게 있었던 일이 그러하듯.

붙잡고만 있어선 안 된다.

"다른 거 할 시간에 앞을 봐. 당신은 앞으로도 엘프들을 이끌어야 할 것 아닌가. 세계수가 회복되기까지 그녀를 보살피는 역도 당신의 것일 테고."

"그건……."

잠시 옛 기억을 떠올린다.

함께 했던 동료로서.

밤마다 지하드는 제 가슴을 붙잡고 숨죽여 울었다.

동료들의 앞에서는 결코 눈물을 보이는 일이 없었지만.

없는 곳에서는 그 누구보다 눈물이 많은 것이 그였으니.

참고 또 참고.

난 그것을 뒤에서 지켜봤었다.

내가 할 수 있는 일은 눈치 없는 용사가 멋대로 그의 눈물을 보는 일이 없게끔 막는 것뿐.

난 지켜보기만 했다.

그때는 차라리 그게 나았다.

내가 이미 잃은 것들을 되돌려줄 수도 없는 노릇이었으니.

하지만 지금은 다르다.

"그렇게 괜히 땅 파지 말고 앞을 보고 살아. 아직 일어나지도 않은 일로 슬퍼하지 말고."

"으, 음……."

"괜히 속에 꾹꾹 눌러 담고 살아서 뭔가 바뀌나? 가끔은 표출하고 그럴 줄도 알아야지."

그렇게 말했을 즈음.

지하드가 멍하니 날 쳐다봤다.

"아."

"뭐야, 왜 그렇게 봐?"

"아뇨, 그런 말은 아무도 제게 해 준 적이 없어서."

지하드가 쓴웃음을 지었다.

"엘프들은 기본적으로 사는 세월이 적지 않다 보니, 속에 안고만 있는 경우가 많습니다."

"뭐, 그렇겠지."

딱히 지하드가 머릿속 생각을 그대로 뱉으라는 이야기는 아니다.

내 몇 마디 말로 그가 그렇게 크게 바뀔 거란 생각도 안 하고.

하지만 그래도 전보다는 나아질 수 있지 않겠는가.

그렇게 자잘한 대화를 나누다 보니, 어느새 주변에 가득 차 있던 나무들이 보이지 않았다.

대신 눈앞에 있는 것은 거대한 크기의 공터.

곳곳에 다양한 검들이 바닥에 꽂혀 있었으며, 온갖 도구들이 널브러져 있었다.

그 가운데 샘이 있었다.

샘에서는 희미한 빛무리가 흘러나오고 있었는데, 마치 물이 아니라 '빛'이 샘에 담겨 있는 것 같은 착각마저 들 정도였다.

"저게 우르드의 샘입니다."

"흐음."

[와, 오랜만이네!]

세트가 샘을 보더니 허공을 돌아다니며 부산을 떨었다.

[지금은 우르드의 샘이라고 불리나? 뭐, 하긴 그 사이에 많은 일들이 있었으니.]

"우르드께서 어떤 식으로 저 샘을 이용해 마도구를 만들었는지는 알려져 있지 않습니다. 심지어 힌트조차도 없습니다."

그래, 그랬었지.

그 덕분에 처음 이 샘을 봤을 때 적지 않게 당황했었다.

전설적인 장인이 사용한 작업실이라는 말은 들었지만, 설마 그게 샘이었을 줄은 몰랐으니.

"……혹시, 아시나요?"

"모를 리가."

난 그렇게 말하며 목에 걸고 있던 보주를 벗었다.

천천히, 기다렸다는 듯 보주가 샘에 공명하기 시작했다.

내 손에 들려 있던 세계수의 가지 역시 마찬가지였다.

"어……?"

지하드가 눈을 동그랗게 떴다.

전부 예상했던 반응이다.

전설적인 엘프 장인, 우르드.

그가 이 '샘'을 활용하는 방식은 굉장히 독특했다.

어쩌면 이 샘을 사용하는 존재가 자신만이길 바랐을지도 모르지.

하지만.

"잘 써먹어 주지."

나중에 간신히 기록을 뒤져 가며 알게 된 사실이지만, 사실 우르드는 '장인'이 아니었다.

그래, 굳이 말하자면.

"〈구조 해명〉."

우르드는 마법사였다.

하.

처음 우르드의 비밀을 알게 되었을 때, 내가 보였던 반응은 딱 이랬다.

헛웃음.

정말 순수하게 우르드가 전설의 대장장이라 알고 있던 시절의 환상이 박살 난 순간.

절로 헛웃음이 나왔다.

'우르드의 샘'이라는 이름은 무언가 은유와 같은 표현법이 아닐까 생각했었다.

전설의 대장장이니 대장간이나 작업장을 조금 신비롭게 표현했던 게 아닐까?

사실 당연한 생각이었다.

누가 '샘'이 진짜 샘이라고 생각했을까.

"〈구조 해명〉."

내 말과 동시에 샘이 부글부글 끓어오르기 시작했다.

마치 용광로처럼 펄펄.

"새, 샘이……!"

지하드가 눈을 커다랗게 뜨며 샘의 변화에 놀라움을 표했다.

난 조용히 손에 쥐고 있던 세계수의 가지를 샘에 떨어뜨렸다.

그 순간, 부글부글 끓던 샘에서 환한 빛이 터져 나왔다.

"〈구조 간파〉."

난 다음 마법 주문을 빠르게 이어서는 샘에 떨어진 가지의 정체를 확인했다.

「세계수의 겨우살이.」

겨우살이야말로 세계수의 생명력을 이어받은 특별한 재료라 할 수 있었다.

하나 가공되지 않은 겨우살이는 세계수의 상징이라는 점 외에는 그리 특별한 점이 없다.

적어도 스태프로 쓰기에는.

문제는 이 정도 물건을 정말 100퍼센트 완벽하게 가공하는 것이 거의 불가능에 가깝다는 것.

물리적인 방법으로는 그렇다.

하나, 다른 쪽이라면?

철저하게 마법적인 요소로 접근한다면 어떨까.

우르드는 바로 그것에 초점을 맞추었다.

그는 결코 경지가 낮지 않은 마법사였으나, 그 재능의 한계도 명확했다.

마법사로서 대성할 수 없다면 다른 쪽으로 성공해 보이겠다.

다행히도, 그에게는 그 생각을 성공시킬 수 있는 무궁무진한 시간이 존재했고…….

'마도구의 장인이 되었지.'

이건 단순한 샘이 아니다.

겉으로 보이기에는 단순히 물이 고여 있는 것처럼 보이지만, 사실 이것들은 전부 마나수.

마나가 액체화된 것들이다.

[마나수는 결코 흔하지 않지. 반백 년에 손가락만 한 크기의 마나수가 생성된다고 하니.]

"그 말대로다."

그조차도 제대로 보관되지 않으면 그대로 증발한다.

이 정도로 마나수가 쌓이기 위해서는 진정 오랜 세월을 기다리고, 정제해야 한다.

그리고 그 정제된 마나수가 증발하지 않게끔 온갖 수단을 동원해야만 했고.

"……어떻게 되는 겁니까?"

지하드가 눈을 동그랗게 뜬 채 물었다.

"어떻게 되긴. 지금부터 이 마나수들을 조작해서 이 겨우살이를 가공해야지."

"얼마나 걸릴까요?"

"글쎄다. 그리 오래 걸리지는 않을 거다. 4일 정도?"

"……!"

지하드가 어처구니없다는 표정으로 날 쳐다봤다.

"너, 너무 오래 걸리는 것 같은데요. 말씀하신 대로라면 그 잔재라는 것이 숲을 공격할 예정이라 들었습니다."

"그렇지."

"그런데 4일이라니…… 그 사이 숲이 위험에 처한다면……."

"본래라면 1년은 우습게 걸릴 가공이야. 그걸 4일로 단축한다는 건데 당연히 짧지."

난 퉁명스레 답하고는 다시 샘 쪽으로 시선을 돌렸다.

그러고는 지하드에게 말했다.

"넌 뭐 하고 있어? 그냥 보고만 있을 셈이냐."

"……어, 뭐 해야 하나요?"

"애써 여기 샘까지 왔잖아. 당연히 너도 얻을 건 얻어야지."

회귀 전, 지하드는 정령과 궁술 그리고 자연 친화력을 이용해 활약하는 영웅이었다.

늘 자연이 함께 했으며.

요정과 정령은 자신의 몸을 갈면서까지 그를 지켰다.

궁술 또한 일신의 경지에 도달해, 화살이 닿는 거리라면 반드시 급소에 명중시킬 정도였고.

"여기에는 '샘'만 있는 게 아니야. 우르드의 다른 선물도 존재한단 말이지."

"다른 선물이라면……."

"우르드가 뭘 만들었냐. 왕들이 쓰는 무구를 만들었지. 그럼 여기 어딘가에 뭐가 있겠어?"

"……전대 왕의 무구들!"

내 말에 지하드는 그제야 깨달았다는 듯 입을 벌렸다.

"그래, 딱 네가 생각한 그거다. 요정왕을 위해 만든 무구들. 그게 이곳 어딘가에 존재한다."

"그것이 도대체 어디에……!"

"그건 네가 찾아야지."

설령 알고 있다 하더라도 그건 알려 줄 생각이 없다.

전부 내가 직접 떠먹여 줄 수도 없는 노릇 아닌가. 여기까지 끌고 와 줬으면 된 거지.

"알아서 찾아. 난 지금부터 여기에 집중해야 하니까."

내 말에 지하드가 고개를 끄덕이고는 바로 다른 곳으로 향했다.

남은 기간은 4일.

분명 알려 주지 않아도 알아서 찾을 수 있으리라.

"그럼, 좋아."

난 부글부글 끓어오르는 마나수를 보며 씨익 웃었다.

"이제 시작해 볼까."

'크게 가를 부분은 세 부분이고, 자잘한 흠이 있군.'

스태프가 될 토대는 반드시 흠이 없어야 한다.

사소한 흠 하나하나에 마법의 효율성이 큰 폭으로 줄어들기에.

회귀 전, 내가 썼던 스태프의 재료도 좋다 평가받기는 하지만, 이것보단 아래였다.

그때는 동부 변경의 영지에 있는 정령수를 가공해서 스태프로 만들었지.

"확실히 그때보다 낫군."

난이도는 그때보다 높지만, 확실하게 완성한다면 그만큼 더욱 상등품의 물건이 될 터.

천천히 손을 들어서는 정신을 집중했다.

그 순간, 내 근처에는 아무것도 없었다.

그저 우르드의 샘과 그 샘에 담긴 겨우살이뿐.

천천히 마나수를 움직였다.

마나수를 움직이는 것에는 확실한 공식이 필요하다.

한 번 움직일 때마다 변칙적으로 튀는 좌표를 예상하고 조작해야 하며, 전 주인인 우르드가 입력해 둔 오차 범위를 벗어나서는 안 된다.

본래라면 불가능한 수준이다.

만약 내가 회귀 전 그 모든 정보를 모은 뒤 간파하지 않았더라면 말이다.

우선 겨우살이에 붙어 있던 잡스런 기운을 털어 낸다.

조심스럽게 마나수를 움직여 차근차근 하나씩 제거해 나갔다.

하나씩. 조급해하지 않고.

표면을 분해해 간다.

“후우.”

옛날 생각이 나는군.

처음 시도할 때는 조급하게 작업하다 몇 번을 망쳤는지 모른다.

첫 단계조차 뚫지 못하고, 애써 준비한 재료가 망가져 낙담한 적도 있었지.

하지만 이제는 다르다.

천천히, 정확하게.

내가 목표로 한 지점만을 잡고 그대로 갉아 낸다.

얼마나 시간이 지났는지는 알 수 없다.

하지만 중요한 건 시간이 아니다.

얼마나 정확하게 오차 없이 잡스러운 기운을 털어 냈는가.

깎고, 또 깎고.

마나수를 미세하고 날카로운 송곳 형태로 만든 뒤, 마지막으로 있는 부분을 깎아냈다.

뚝, 하고 식은땀이 이마를 타고 흘러 턱에 맺혔다.

[조심, 조심.]

세트가 제 힘을 일으켜서는 내 땀을 조금씩 닦아 내는 것이 느껴졌다.

'1차 가공은 이 정도면 됐군.'

다음은 2차 가공.

이제 잔가지를 쳐 내야 한다.

이것들도 그냥 뚝 분지른다고 되는 일이 아니다.

신중하게 접근해야 한다.

'자른 순간, 조금의 손실도 없어야 하니까.'

흔히들 잘 잘랐을 때 단면이 매끈하다고들 한다.

하지만 이건 그 정도로도 안 된다.

매끈한 정도가 아니라 처음부터 그런 형태였던 것처럼 잔가지를 잘라 내야만 한다.

그런데 그때였다.

움찔.

"……?!"

잘 움직이고 있던 마나수가 한순간 흐트러졌다.

아주 찰나였지만 분명했다.

'이런 망할!'

순간 변화에 맞춰 움직이지 않았다면, 그대로 겨우살이에 흠집이 날 뻔했다.

'같은 재료가 아니라 이거냐?'

내가 계산한 것과는 조금 다른 오차가 생길 수도 있다 이건가. 웃기지도 않는군.

- 낄낄, 생각대로 잘 안 되지?

본 주인인 우르드가 하늘 위에서 낄낄대는 소리가 들리는 것 같았다.

닥치시오. 정신 사납게.

갈 거면 후인들을 위해 좀 이것저것 조언을 해 주고 갈 것이지, 아무것도 없이 혼자 안고 간 주제에 말이 많아.

오기가 생겨 더 집중했다.

방금 전 생겨난 사소한 오차 또한 빠르게 머릿속에서 계산해 문제를 해결한다.

머릿속의 우르드가 말했다.

- 좀 하네?

그렇지.

한번 회귀까지 했던 인류 최전선의 영웅이 이 정도도 못하면 되겠나.

당신 역시 전설적인 마도구 장인이라 할 수 있겠지만…….

'나도, 그에 못지 않지.'

거슬릴 정도로 제멋대로 움직이려는 마나수를 애써 붙잡고 계속 2차 가공을 이어 갔다.

그리고 마침내…….

"끝났다."

딱 2차 가공까지 끝난 후, 난 조용히 샘에서 가공된 겨우살이를 꺼냈다.

샘에 넣기 전과는 달랐다.

모든 면에는 잡티 하나 없었으며 마나 손실은 없다 해도 과언이 아니다.

완벽하다 해도 좋을 결과물.

[드디어 끝났나 보구나.]

난 그제야 세트가 내 옆에 있었음을 깨달았다.

생각보다 내 꼴이 말이 아니라는 것도.

"얼마나 지났지?"

[그 엘프 아이에게 약속했던 것보다는 적었어. 3일.]

"흐음."

예상보다 하루 앞당겨졌나.

난 내 오른손에 들린 스태프의 몸통을 보았다.

다른 쪽에는 준비해 둔 보주가 들려 있었고.

[흐음, 이제 이거…… 합치기만 하면 되는 거니?]

"어, 맞아."

스태프의 몸통에 파 놓은 틈.

여기에 보주를 집어넣으면 온전한 스태프가 완성된다.

[신화급의 스태프라…….]

세트는 흥미롭다는 눈으로 날 툭툭 치며 말했다.

[빨리 합쳐 봐! 빨리!]

"안 그래도 그럴 생각이다."

그렇게 말하며 천천히 양손을 들어 준비해 둔 홈에 보주를 끼워 넣었다.

그러자 그 순간…….

번쩍!

스태프에서 새하얀 빛이 끝없이 터져 나오더니 이내 일대를 완전히 감싸 안았다.

3일이 지났다.

미하일과 지하드가 자리를 비운 사이, 요정의 숲은 한창 바쁘게 돌아가고 있었다.

요정왕은 곧바로 미하일에게 받은 마도구를 활용할 수 있는 인원을 편성했고, 동시에 세계수를 상시 감시하고자 했다.

그리고 그 감시 인원은…….

"흐음."

리안과 카산드라 그리고 성기사 헬렌.

리안은 아직까지는 별문제가 없는 세계수를 뚫어져라

쳐다보며 말했다.

"아직까지는 별문제가 없는 것처럼 보이긴 하는데……."

"글쎄요."

하지만 카산드라의 표정은 영 좋아 보이지 않았다.

그걸 본 리안이 조심스레 물었다.

"……뭔가, 좋지 않은 거라도 보신 겁니까?"

"전에 말씀드렸지만, 제가 명확히 볼 수 있는 미래는 한정되어 있어요. 제가 정할 수 있는 것도 아니고요. 다만……."

그녀의 표정은 마치 혐오스러운 것을 보는 듯했다.

"저 분을 옭아매고 있는 저게 역시 좋아 보이지는 않네요."

"그냥 혐오감이라 이건가."

"예. 뭐, 미래는…… 저게 날뛰어도 미하일 님이 다 알아서 해결해 주시지 않을까요?"

그녀는 전혀 걱정이 없다는 태도로 그렇게 말했다.

"카사, 그렇게 의존적인 태도는 좋지 않아."

"괜찮아요, 헬렌 경."

그녀는 어깨를 으쓱거렸다.

"오랫동안 인내해 온 만큼, 그분은 확실히 제 비원을 이뤄 주실 거예요. 덤으로, 교국의 문제도 확실히……."

"으, 음……."

헬렌은 그런 그녀의 대답이 영 만족스럽지 않은지 작게

침음을 흘렸다.

“그건 그렇고, 정말 끝없이 불길한 힘이군. 저게 정말 풀려나면 엄청난 재앙이 일어날 것만 같아.”

“그 정도입니까?”

리안 역시 위험하다는 말은 들었지만 얼마나 위험한지에 대한 자각은 아직까지 없었다.

“과거, ‘예언 전쟁’에 대한 건 들어 봤겠지?”

“예, 그거야. 전쟁사에서도 유독 이름이 강조될 정도로 참혹했던 전쟁 아닙니까.”

“저게 만약 숲을 넘어 바깥으로 풀려나면 그 정도의 참사가 벌어질지도 모른다.”

“……!”

리안이 눈을 커다랗게 떴다.

그렇게 말하니 제대로 이해가 갔다.

예언 전쟁이란 말 그대로 세계를 한 차례 할퀴었던 가장 끔찍한 비극이었으니.

“그러니, 제발 그 발푸르기스의 도련님이 저걸 어찌할 방법을 찾았기만을 바랄 수밖에.”

그게 아니면 답이 없으니.

그렇게 중얼거리며 성기사는 고개를 돌렸다.

그런데 그 순간.

“……어?”

성기사는 무언가를 느낀 듯 반사적으로 제 허리춤에 걸려 있는 검에 손을 가져다 댔다.

그리고…….

키이이.

날카롭고, 끔찍한 소리가 들렸다.

8장

한순간에 벌어진 일이었다.

세계수가 흔들렸고, 땅이 무너져 내렸다.

뒤를 이어 땅 깊은 곳에서 짐승이 그르렁거리는 듯한 소리가 들려왔다.

쿠구구구!

"이런, 미친……?!"

리안이 새파랗게 질린 표정으로 무너지는 땅에서 빗어났다.

세계수가 뿌리내린 최소한의 위치를 제외하고는 처참하게 무너진 땅.

한순간에 숲과 세계수 사이에 거대한 공백이 생겨났다.

"……우려하던 상황이 결국 벌어지고 말았군."

카산드라를 엎고 뒤로 빠진 성기사 또한 긴장한 기색을

감추지 않은 채 중얼거렸다.

- 그아아아!

그때, 자욱하게 주변을 감싼 흙먼지를 뚫고 무언가가 튀어나왔다.

새카만 진액이 곳곳에서 흐르며 떨어져 내리고, 길쭉한 몸뚱이가 하늘 높이 치솟았다.

그 사이로 보이는 붉은 안광.

그것은 마치 거대한 뱀과 같았다.

무엇이건 삼키고 오염시킬 것만 같은 혐오스런 모습.

그것은 거대한 몸뚱이로 세계수를 동여매며 재차 포효했다.

- 크아아아아아!

그 외침에 저도 모르게 셋은 뒷걸음질을 치고 물러나고 말았다.

도저히 대항할 수 없을 정도로 끔찍한 악이 느껴졌다.

"……뱀? 설마 저 거대한 게 뱀인 건가?"

"그렇게 보이는데."

성기사 또한 긴장한 기색이 완연한 목소리였다.

그 정도로 눈앞에서 모습을 보인 뱀은 강력한 기운을 뿜고 있었다.

"두 분 모두."

성기사에게 업혀 있던 카산드라가 재빨리 둘에게 말했다.

"우선은 돌아가죠."

"……저걸 두고 돌아간다고요? 딱 봐도 바로 숲으로 돌진할 게 뻔한데요."

리안은 거대한 뱀에게서 시선을 떼지 않았다.

단 한 번이라도 눈을 떼는 순간, 저것이 요정의 숲을 집어삼킬 것만 같은 공포가 느껴진 것이다.

압도적인 격차.

존재 그 자체로 도저히 이길 수 없다는 생각이 드는 건 정말 오랜만의 일이었다.

굳이 말하자면…….

'그 무법의 심판자보다도 더 답이 없는 거 같은데?'

미하일 그놈은 도대체 무슨 생각으로 저걸 상대할 수 있다고 말한 걸까.

아까 전부터 미친 듯이 떨려 오는 두 다리와 팔에 애써 힘을 주며 리안은 고개를 들었다.

파삭.

뱀의 포효와 함께 놈 주변의 숲의 풀과 나무가 말라 죽어 가는 게 보였다.

"시간이 없어요."

카산드라의 어깨가 떨려 왔다.

"하, 하지만……."

"저건…… 위험해요! 저희들로는 못 이겨요!"

"……!"

리안은 다시 한번 세계수를 휘감고 있는 뱀을 보았다.

인정할 수밖에 없다.

저 가늠할 수 없는 힘 앞에 자신은 그저 벌레와 다를 바가 없음을…….

'빌어먹을.'

치밀어 오르는 무력감.

이런 기분을 느끼지 않기 위해 녀석과 함께 움직인 것이었건만, 도대체 만나는 존재들마다 왜 죄다 이 모양인지.

'만약 내가 꿈속에서 만난 그놈 정도로만 강했다면.'

그랬다면 무언가 달랐을까.

아마 이렇게 무력한 것이 아니라 최소한 좀 더 의미 있게 '저것'의 발을 묶을 수 있지 않을까.

"……알겠습니다."

하지만 이내 리안은 고개를 저었다. 지금 그렇게 생각해 봤자 의미가 없었으니.

그는 저도 모르게, 지금 이 자리에 없는 놈을 떠올렸다.

미하일.

'그 빌어먹을 놈.'

도대체 언제 온다는 거야?

“결국, 마신의 잔재가 해방됐다는 말인가!”

요정의 숲은 단숨에 비상이 걸렸다.

복귀한 셋은 곧바로 요정왕에게 상황을 보고했고, 그는 헐레벌떡 궁 밖으로 뛰쳐나왔다.

그리고 그런 그의 앞에 드러난 광경은…….

“아아, 어찌……!”

그는 황망한 눈으로 저 너머를 보았다.

세계수가 울부짖고 있었다.

그것은 단순히 세계수를 망가뜨리는 것에 그치지 않고, 자신들을 향해 전진하고 있었다.

분명 이대로라면 저 가공할 위력과 속도에 숲이 무너지는 것은 한순간의 일일 터.

- 무서워!

- 으으, 도망가고 싶어…….

요정들이 불안에 몸을 떨며, 그런 말들을 중얼거렸다.

그 정도로 마신의 잔재의 존재감은 막강하다 할 수 있었다.

세계수를 집어삼킨 괴물.

요정과 엘프들의 어미마저 집어삼킨 것에게 어찌 이길 수 있다는 말인가.

모두의 얼굴에 암담함이 드리웠다.

그런데, 그 순간.

쿵!

잔재를 무언가 가로막았다.

몇 번을 두드렸는데도 깨지지 않자, 포효하며 난동을 부렸지만 그럼에도 결과는 같았다.

쿵! 쿵!

잔재는 신경질적으로 자신을 가로막는 것을 돌파하기 위해 애를 썼지만 쉽지 않았다.

그걸 본 리안이 소리쳤다.

"저건……!"

"대행자께서 건넨 마도구…… 확실히 효용이 있군."

요정왕이 눈을 빛냈다.

"……오래 버티긴 힘들겠지만."

그 말이 끝나기 무섭게.

콰직.

결계에 금이 갔다.

언제라도 뚫릴 것 같이, 결계는 무척 위태롭게 유지되고 있었다.

"준비하라!"

요정왕은 한쪽 팔을 들었다.

요정들의 가호를 두른 엘프 레인저들이 활을 든 채, 나무 위로 올라탔다.

마법사들은 마법을 준비했으며, 사제들은 신의 이름을 부르며 성가를 부르기 시작했다.

저 괴물이 여기까지 도달하게 둬서는 안 된다.

이 자리의 모두 직감했다.

여기서 자신들이 막지 못한다면, 저것은 뒤에서 두려움에 떨고 있을 숲의 나머지 엘프들을 먹어치우리라는 것을.

그렇게 된다면 숲에는 무엇도 남지 않으리라.

쿵!

일제히 전열을 갖춘 채 방패를 든 엘프들이 앞으로 나섰다.

떨리는 눈으로 잔재를 응시한 채 결계가 깨질 때를 대비한다.

마법사와 사제들은 어떻게든 잔재를 가로막고 있는 결계를 강화하기 위해 애를 썼다.

쿵!

"커, 헉……?!"

한 번 그것이 움직일 때마다, 사제 다섯이 피를 토하며 쓰러졌다. 마법사들 또한 마찬가지.

요정왕은 곧바로 자신의 힘을 이용해 그들이 쓰러질 때마다 회복시켰으나 한계는 있었다.

하나둘씩. 무너져 갔다.

절망이 감돌았다.

저걸 막을 방법은 도저히 떠오르지 않았고, 할 수 있는 것이라고는 생명을 깎아 가며 결계를 유지시키는 것뿐.

'신이시여.'

모두가 눈을 질끈 감은 채, 기적을 바랐다.

부디 누군가 이 재앙을 막아 주기를.

그리고.

- 오오오오오!

채앵!

그것의 포효와 함께 간신히 버티고 서 있던 결계가 산산조각이 나며 뚫렸다.

그것이 전진했다.

풀과 나무가 파헤쳐지고, 지나가는 곳에는 생명이 말라 갔다.

요정왕과 모두가 있는 곳까지 도달하기까지 얼마 남지 않았다.

모두의 얼굴에 어둠이 드리웠다.

코앞까지 도달했을 때.

"빌어먹을."

리안은 제 검을 뽑았다.

뭐 발악이라도 하고 죽어야 좀 선조들에게 부끄럽진 않을 것 아닌가.

다른 이들 또한 마찬가지.

굳게 결의한 듯한 눈으로 잔재를 노려보며 모두가 제 무기를 고쳐 쥐었다.

그리고 코앞까지 도달한 순간.

"쯧."

잔뜩 긴장하고 있던 모두의 귓가에 짧게 혀를 차는 소리가 들려왔다.

그리고 동시에.

"〈홀리 라이트〉."

콰광!

빛의 기둥이 잔재를 그대로 꿰뚫었다.

주변을 환하게 비출 정도로 강력한 일격.

- 가아아아악?!

그 일격에, 지금까지 무적의 기세로 전진하던 잔재가 비명을 지르며 순간 몸을 휘청거렸다.

"아."

그것을 본 카산드라의 입이 벌어졌다.

"오셨군요."

"대행자님!"

요정왕 또한 간절한 눈으로 기다렸다는 듯 소리쳤다.

모두의 앞에 로브를 펄럭이며, 한 남자가 천천히 내려섰다.

금발에 새빨간 눈동자.

한 손에는 진한 빛을 발하는 스태프를 쥐고 있었다.

미하일 발푸르기스.

그가 피식 웃고는 말했다.

"늦지 않았군."

그는 그렇게 중얼거리고는 여전히 충격에서 벗어나지 못한 잔재를 노려보았다.

"정말, 참으로 다행이야."

하루 당긴 게 다행이었다.

정말로.

내가 예상보다 빠르게 스태프를 완성했듯, 잔재 또한 예상보다 더 빠르게 움직인 것이다.

만약 조금만 늦었어도.

'난 폐허를 보고 있었겠지.'

어떻게든 잔재를 소멸시킬 수는 있었겠지만, 엘프들을 구할 수는 없었을 터.

"하여간 마신하고 연관된 것들은 하나같이 마음에 안 든

다니까. 제멋대로라 귀찮아.”

쿵!

난 스태프로 땅을 한 차례 찍었다. 까놓고 말하자면, 완성된 스태프는 내 예측 이상이었다.

재료도 확실히 최상이었지만, 특히 집중해서 그런지 생각보다도 더 잘 나왔다.

‘그래, 이 정도면 충분하지.’

보주 내부에 차오른 마나들이 빠르게 내부를 순환하며 무한한 마나를 공급했다.

조금 꼼수를 부린 결과.

‘정말, 마나수를 좀 챙겨 담아 두길 잘했군.’

대충 한 움큼만으로도 저택 한 채는 우습게 살 가치를 지닌 것들이지만 아낄 상황은 아니었으니까.

“대행자님, 제 아들은…….”

“아, 그는 따로 해야 할 일을 하고 있습니다. 그쪽은 걱정하지 않으셔도 됩니다.”

지하드에게는 한 가지 임무를 내려 뒀다.

딱 그가 해낼 수 있을 정도로 해 뒀으니, 크게 걱정할 필요는 없겠지.

중요한 건 저걸 어찌하느냐.

‘더럽게 크네, 진짜.’

회귀 전, 세계수와 엘프들의 결단 덕에 잔재는 소멸했다.

덕분에 자료를 얻을 수 있었다.

엘프들이 어떤 식으로 분투했으며, 세계수는 어떻게 발악하여 잔재를 붙잡았는지.

남은 흔적들.

살아남은 생존자들이 우리에게 모든 것을 알려 주었다.

"허세만 차서는."

난 곧바로 〈플라이〉를 이용해 공중으로 날아올랐다.

처음 잔재에게 직격한 5서클의 신성 마법 〈홀리 라이트〉에 직격한 탓인지, 아직도 놈은 정신을 못 차리고 있었다.

아, 물론.

일반적인 경우라면 고작 5서클의 마법으로 놈이 이런 타격을 입는다는 건 말이 안 된다.

하지만 이 스태프.

다른 것도 아니고 '세계수'의 가장 귀한 부분을 이용해 만들어진 스태프가 개입되었다면 이야기가 달라진다.

"넌 너무 물들었어."

잔재가 세계수에게 붙어 있었던 건 1, 2년이 아니다.

수십 개의 산이 무너지고 새로 생겨날 정도의 아득한 시간이 흘렀다.

그 과정에서 잔재가 세계수에게서 아무런 영향도 받지 못했을 리는 없지.

물론 그것 하나로는 힘들다.

다 떼놓고 봐도, '마신'의 잔재가 아닌가.

스태프 하나 완성했다고 한방에 소멸시킬 수 있으면 세계수가 그 고생도 안 했겠지.

하지만 난 그것만 준비한 것이 아니다.

'그걸 위해서는 놈이 제 속을 드러낼 필요가 있는데.'

- 고오오오오!

때마침 놈이 몸을 일으켰다.

소름이 끼칠 정도로 압도적인 포효와 함께 놈은 내 쪽으로 시선을 돌렸다.

새빨간 흉광이 빛났다.

놈에게 이성은 없다.

그저 눈앞의 위협을 먹어치운다는 본능만이 존재할 뿐.

당연히 이 상황에서 가장 위협적인 내가 모습을 드러낸 이상, 놈은 날 노릴 수밖에 없다.

"하."

그대로 놈이 입을 벌린 채, 내게 달려들었다.

밤하늘.

새하얀 달 아래서 놈의 이빨이 번뜩인 순간…….

쐐액!

한 발의 화살이 놈의 입을 꿰었다. 그 화살은 직격함과 동시에 거대한 폭발을 일으켰다.

콰아아앙!

엘프 군주의 화살.

우르드가 만든 화살이며, 가장 강력한 '신성력'을 품고 있다 알려진 귀물.

우르드가 만든 건 총 다섯.

그중 하나가 소모됐다.

- 대행자님!

"어, 그래. 수고했어."

화살을 쏜 것은 지하드.

우르드의 샘에서 발견한 왕의 무구 중 하나였다.

- 그르르.

놈이 으르렁거리는 소리가 들렸다.

얼굴이 완전히 뭉개졌지만, 여전히 흉광을 위협적으로 번뜩이고 있었다.

"그래, 아직 제대로 피해도 입지 않았다 이거지?"

그래, 그렇게 생각하겠지.

그런데 어쩌나.

"껍질이 좀 벗겨졌네?"

난 스태프를 들었다.

내 스태프에 '세계수'의 존재감이 그 무엇보다 강하게 남아 있다는 건 부정할 여지가 없다.

동시에 세계수는 아주 오래전부터 마신에 맞서 오던 존재 중 하나.

그 존재 자체가 하나의 추도문이라 봐도 될 정도.

"세트."

[응, 미하일.]

"부탁한다."

내 말에 세트가 고개를 끄덕였다.

곧바로 폭풍이 전신을 촘촘히 둘러싸기 시작했다.

그리고 난 그대로 녀석에게 쇄도해 들어갔다.

"입 벌려라."

터뜨릴 거면 내부에서.

확실하게.

"죽창 들어간다."

그 말을 끝으로,

난 놈의 입속으로 돌진했다.

불쾌하다.

잔재의 입속으로 들어간 시점에서 느낀 건 바로 그 감정이었다.

회귀 전 질리도록 마주했던 그 기운.

절로 얼굴이 찌푸려졌다.

[역겹네. 정말로.]

세트 또한 마찬가지.

[역시 잔재라고 해야 하나, 본질적으로 그자와 지나치게 닮아 있어. 정말…… 싫은 기억이 그대로 떠오를 정도야.]

"쯧."

짧게 혀를 차고는 날 휘감고 있는 폭풍을 보았다.

확실히 잔재의 독기로부터 날 보호해 주고 있기는 하지만, 이것도 오래가진 못할 것이다.

'빠르게 해결해야겠군.'

여기 어딘가에 놈을 유지시키는 핵이 있을 터.

세계수는 오랫동안 이 핵을 부수려 했으나 그럴 수 없었다.

이미 놈에게 지나치게 많이 잠식되어 있었기 때문이다.

하지만 난 다르다.

그녀에게 접근해 가장 귀한 가지를 얻어 내는 것에 성공했다.

놈의 내부는 온갖 종류의 촉수들이 꿈틀거리고 있었다.

촉수에서는 끈적한 점액이 흘러나왔고, 온갖 기괴한 생물들이 입을 벌린 채 내 쪽으로 찾아오고 있었다.

[……마신의 종복들이구나. 그림자에서 생겨난 괴물들.]

"그리 강해 보이진 않는데."

[당연히 잔재 따위가 불러낸 것이 정상적인 상태일 리가

있겠니. 당연히 약하지. 하지만 문제는 저놈들은 이 잔재의 내부에서라면 끝도 없이 부활한다는 것.]

"흐음."

[조심하렴. 저것들 하나하나는 별것 아니지만, 쌓이고 쌓이면 상대할 수 없게 되니까.]

"뭐, 좋아."

난 거기까지 듣고는 조용히 스태프를 들었다.

그러고는 준비해 뒀던 주문을 외웠다.

"〈서클 익스펜션〉."

폭풍을 이용한 서클 확장.

이어서 준비해 둔 마법을 그대로 영창했다.

"〈디바인 게이트〉."

회귀 후에는 처음으로 쓰는 마법. 내가 독자적으로 개발한 마법이다.

하지만.

'아, 빌어먹을.'

과부하로 인해 속이 뒤집어지기 시작했다.

어찌 보면 당연한 일이다.

이 마법은 회귀 전의 날 기준으로 만들어진 마법.

당연히 활용 난이도는 일반적인 마법과는 비교도 할 수 없을 정도로 높다.

……그래.

이런 상황을 대비해서 만들었던 대(待) 마신 주문 중 하나.
디바인 게이트(Divine gate).
- 키에엑?!
내 뒤에서 새하얀 원이 나타나더니 갑작스레 환한 빛을 뿜어내기 시작했다.
빛에 닿은 마신의 종복들이 그대로 재가 되어 사라졌다.
[……어?]
그걸 본 세트가 눈을 동그랗게 뜨더니 날 쳐다봤다.
[뭐, 뭐야. 저것들 왜 소멸하는 건데?! 이렇게 간단히 사라질 것들이 아닌데?!]
하지만 안타깝게도 그녀의 말에 답할 여유는 없었다.
"쿨럭."
[미하일?!]
슬슬 익숙할 정도의 피비린내가 입속에서 느껴졌다.
서클 과부하로 인해 몸이 망가지고 있는 것이다.
어째 회귀 이후에 계속 이러는 것 같다.
물론, 그만큼 중요한 일이기에 이렇게 무리할 수밖에 없긴 하지만.
'……이것도 할 수 있는 수단을 전부 동원해서 간신히 조건을 맞춘 거고.'
우르드가 귀하게 모시고 있던 마나수와 극대량의 마나를 담고 생성된 신화급의 스태프.

이걸로 간신히 최소 조건을 맞춘 것이다.

솔직히 이 짓도 두 번은 못한다.

[괘, 괜찮니? 너무 무리를 하는 건……]

"무리하는 건 맞아."

하지만 이 상황을 해결하기 위해서는 어쩔 수 없는 노릇.

처음부터 각오했던 일이다.

'반경도 그리 넓지 않고, 소모되는 마나양도 많아. 이대로라면 10분은 버틸까?'

다른 마법과 병행해서 쓴다고 하면 그조차도 5분으로 줄어들겠지. 이마저도 온갖 수단을 동원해서 이 정도고.

'갈 길이 멀어.'

정말이지.

언제까지 이런 방법을 동원하고, 몸을 깎아 가면서 무리를 해야 하는 건지.

하지만 어쨌건 '디바인 게이트'를 발동시키는 데는 성공했다.

위태롭지만, 유지할 수 있다.

그마저도 좁은 반경에 이런 저급한 것들밖에 치울 수 없지만 뭐 어쨌건…….

"지금은 쓸 만하지."

회귀 전, 정말 온갖 주문을 만들었다.

그중에서 마신 본인에게 통하는 주문은 단 하나도 없었

고 군단장조차 아슬아슬했지만, 의미가 없진 않았다.

그런 마법 하나하나가 한 명이라도 많은 인류를 구하는데 도움을 준 것은 분명하니.

"세트, 바로 전진한다."

[저, 정말 괜찮은 거 맞니? 아무리 봐도 네 상태…….]

"괜찮아. 처음부터 예상한 일이거든. 독기 차단은 맡긴다."

[으, 응! 독기 차단은 내게 맡겨 줘. 어떻게든 해낼 테니까!]

난 세트의 말에 고개를 끄덕이고는 속도를 높였다.

스트렝스, 헤이스트.

멀티 캐스팅을 추가하고 그것도 모자라서 블링크를 이용해 닥치는 대로 앞을 돌파했다.

얼마나 그렇게 속도를 높였을까.

[미하일!]

꿈틀거리는 거대한 외눈알이 시야에 잡혔다. 못해도 성인 체구의 두 배는 될 법한 크기.

그것은 불길하기 짝이 없는 겉모습 그대로 세차게 박동하고 있었다.

[마신의 눈동자! 역시 저게 본체였구나! 그 아이를 괴롭힐 정도라면 저것밖에는 없지.]

'남은 건 3분가량.'

닥치는 대로 스태프의 마나를 소모해 가며 달린 덕에 최대한 시간을 단축할 수 있었다.

남은 서클 강화 시간은 3분.

빠르게 저걸 소멸시켜야 한다.

- 케륵?

그 순간, 날 감지한 눈동자가 눈을 빛냈다.

본능적으로 움직이는 놈답게 생각하는 대신 주변의 종복들을 움직여 날 압박하려 했다.

하나, 여전히 작동하고 있는 디바인 게이트가 놈들의 움직임을 봉쇄하고 소멸시켰다.

그런데 그때.

- 키킥!

그것이, 웃었다.

내 행동이 하찮기 그지없다는 듯 그것의 눈이 호선을 그렸다.

그러더니 조금의 전조도 없이 내게 공격이 날아들었다.

아슬아슬한 틈.

콰직!

[미하일!]

세트가 폭풍을 이용해 그 공격을 막아 내는 것에 성공했으나 완전하지는 않았다.

오른쪽 어깨에 느껴지는 아릿한 기분에 얼굴을 찡그렸다.

'마법을 뚫었군.'

그렇다는 건, 방금 공격은 지금까지 내가 상대했던 잡것들과는 궤를 달리한다는 것.

이게 진짜라 이건가.

세계수를 압박했던 괴물.

'2분.'

임시 서클 붕괴까지 남은 시간. 난 시간을 계산하며 곧바로 마법 수식을 맺었다.

시간이 없다.

잠깐 당황하긴 했지만, 여기까지도 어떻게든 예측 범위내.

자신의 공격이 통했다는 것을 직감한 것인지 놈이 보다 본격적으로 날 노리기 시작했다.

'꽤 눈치가 빠른 놈이야.'

막은 순간, 곧바로 경로를 수정해 내게 공격을 가한다.

내가 어떤 공격을 막을 수 있는 지 없는지, 동시에 시간을 끌 수록 유리한 건 자신임을.

전부 확신하고 있다.

세트가 닥치는 대로 눈동자의 공격을 막아 냈다.

애초에 그녀는 본래 폭풍을 관리하던 존재.

막는다는 점에 한해서는 나보다 몇 배는 능숙하다.

콰직!

폭풍을 뚫어 내고 내 코앞까지 도착한 공격을 블링크로 피했다.

하지만 그 사이에도 시간은 가고 있다.

1분.

조금씩 몸속의 서클이 불안정해지는 것이 느껴졌다. 임시로 맺어 뒀던 서클에 균열이 생겼다.

하지만 한순간.

- 키득!

놈이 자신을 보호하고 있던 촉수를 걷어 냈다.

하나.

'지금.'

곧바로 준비해 뒀던 신호석을 깨부쉈다.

그 순간, 신호석이 부서짐과 동시에 빠른 화살 소리가 들려왔다.

쐐액!

- ……?!

바깥에 있는 지하드의 사격.

엘프 군주의 화살은 잔재의 단단한 가죽마저 꿰뚫었다.

화살은 가죽을 꿰뚫는 것에서 그치지 않고, 눈동자를 감싸고 있던 촉수마저 끊어 냈다.

놈이 경악하여 멈칫한 틈을 타, 코앞까지 접근했다.

30초.

이제 임시 서클이 붕괴되기 정말 직전까지 몰린 시점…….

"새끼."

난 놈의 코앞까지 도달했다.

확실한 것은 이놈은 일반적인 방법으로 소멸시킬 수는 없다는 것.

특히, 다른 저급한 놈들과 달리 세계수를 뜯어먹고 있던 놈의 본체라면 더더욱.

하지만 나 역시 '일반적인 존재'는 결코 아니지 않은가.

스태프를 쥔 손을 뻗었다.

세계수의 기운이 서려 있다.

잔재여, 넌 모르겠지.

"설마 세계수라는 존재가 아무런 준비도 안 하고 처맞고만 있었을까."

- ……?!

그럴 리가 없지 않은가.

설령 회귀 전, 그 발버둥이 실패하고 공멸했을지라도.

의미가 없지 않았다.

우웅.

세계수의 겨우살이가 천천히 놈의 내부에서 공명하기 시작했다.

그리고 그에 맞춰 난 주문을 외우기 시작했다.

그리고 아마 이번 임시 서클에서 마지막일 주문을 외웠다.

7서클. 자체 주문.

"〈유그드라실〉."

한때 세계수의 이름을 담아 만들어 낸 7서클의 주문.

'시발.'

2차로 속이 뒤집어졌다.

이미 한 번 엉망이 된 속이기에 더 고통스러웠다.

쿨럭, 하고 피를 한 사발 토하며 무릎을 굽혔다.

하지만 내 상태가 어땠건.

스태프에서는 지금까지완 비교도 할 수 없을 정도의 마나가 휘몰아치기 시작했다.

화아악!

"……그래, 마음껏 가져가라."

어차피 마지막이니.

얼마나 마나를 쓰던 그것이 무슨 소용일까.

난 다른 것도 아니고 오로지 너 하나만 조지면 되는데.

그리고…….

「아아.」

익숙한 목소리가 울려 퍼지며, 눈동자의 바로 아래 파묻혀 있던 씨앗이 자라나기 시작했다.

세계수는 지지 않았다.

먹히는 그 순간에도 마지막 희망을 남겨 놨으니.

언젠가, 혹시라도.

자신이 보호하던 아이들이 이 작은 새싹을 발견해 주기를.

그런 바람으로 잔재가 먹어치웠던 자신의 존재 중 단 하나를 남겨 두었다.

"약속은…… 지켰습니다."

내가 지금 외운 주문은 오로지 세계수 하나만을 위한 주문.

본래 지하드가 모든 미련을 털어 넣고 새로운 출발을 하게끔 만들고자 만들었던…….

그래.

이것도 일종의 '추도문'이라 할 수 있으리라.

「고맙구나.」

세계수의 목소리가 울려 퍼졌다.

본능적으로 위기감을 느낀 잔재가 버둥거리며 어떻게든 상황을 바꾸려 했지만 늦었다.

우웅.

새싹이 자라나기 시작했다.

세계수조차 인지하지 못했으나, 어느 순간 지나치게 성장하게 되었던 악.

본래라면, 지우지 못했으나.

「덕분에 내 오랜 비원을 이룰 수 있게 되었구나.」

이번에는 다르다.

새싹은 나무가 되고.

「오랜 짐도 덜게 됐고.」

나무에서 끝도 없는 생명력이 터져 나오며 잔재를 옭아매기 시작했다.

나무에서는 잎이 나기 시작했고, 풀에서는 꽃이 피기 시작했다.

그렇게 생명이 죽음을 덮었다.

그리고…….

- 가아아아아!

난 마지막으로 완전히 놈을 끝내기 위해 스태프를 치켜들었다.

지금까지는 세계수가 빼앗긴 것을 되찾게 해 주기 위한 것.

그리고 지금은.

"화풀이다."

이렇게 전부 다 준비하고, 몰아넣었는데. 가는 길에 화풀이 정도는 괜찮잖아?

"사라져라."

난 그대로 스태프를 들고는 옭아맨 나무 사이에서 튀어나오려는 놈을 그대로 박살 냈다.

콰직!

그리고 그것으로 끝.

그 일격이 간신히 제 존재를 연명하고 있던 놈을 끝장냈다.

"아아."

지하드는 언제라도 당길 준비를 하고 있던 활시위에서 손을 떼고 저 멀리의 장관을 보았다.

거대한 뱀이 붕괴되고 있었다.

단순한 붕괴가 아니다.

붕괴 속에서 새로운 생명이 피어나기 시작하고, 어두운 밤하늘을 환하게 밝혔다.

이 얼마나 바라고 바란 순간인가.

세계수의 해방.

위대하신 어머니께서 새롭게 생명을 되찾고 시작하는 이 순간을 얼마나 기다렸는지.

그렇게 잔재가 사라지고, 허공에서 빛을 발하던 환한 빛은 본래 세계수가 있던 곳으로 날아들어 흡수되었다.

쿠궁!

시들어 있던 세계수가 푸른빛을 되찾았다.

아주 오래전, 선대의 엘프들은 보았다는 세계수의 빛 무리.

이 숲에 있는 모두가 그것이 재현되는 순간을 목격했다.

잔재로 인해 황폐해지고 무너졌던 땅은 순식간에 메워졌다.

죽은 풀과 나무가 있던 자리에는 새로운 생명들이 자라났고, 요정들과 엘프들은 눈물을 흘리며 어머니의 귀환을 반겼다.

"하하, 정말……."

지하드는 자신의 손에 들린 왕의 무구로 시선을 향하며 웃음을 흘리고 말았다.

순간 떠올렸던 것이다.

미하일, 그 제멋대로인 대행자께서 무슨 말을 하였는지.

- 당연히 되찾아야지.

코웃음을 치며 웃기지도 않는다는 듯, 그는 말했다.

- 세계수는 회복한다. 잔재를 털어 내고 다시 일어서겠지.

그리고 그리되면…….

- 다음은 네 몫이다.

그렇게 말하는 미하일의 표정은 무척이나 묘했다.

마치 옛 기억을 더듬듯.

복잡하기 짝이 없는 눈으로.

그때는 그가 무슨 말을 하는지 알 수 없었지만, 이제는 확실히 알 수 있을 것 같았다.

“앞을 보라 하셨지요.”

그래, 앞을 봐야지.

무력했던 과거는 잊어버리고, 온전히 앞으로의 일에 최선을 다해야 하지 않겠는가.

그 말이 옳았다.

하늘에서 내리는 빛 무리 속에서 지하드는 환하게 웃었다.

「고마워.」

잔재를 완전히 제거한 뒤, 난 다시금 그녀의 세계로 불려 갔다.

그녀는 처음 보았을 때보다 한결 나아진 표정이었다.

물론 여전히 표정이라는 걸 보기는 그리 쉽지 않았지만.

「네가 아니었으면 그대로 놈에게 먹혔을 가능성도 있었겠네. 덕분에 아니게 됐지만.」

“알고 있습니다.”

당연히 먹혔지.

그녀 자신은 물론이고 엘프나 요정으로서는 문제를 해결할 가능성이 없다시피 했으니.

적어도 현 시점에서는 그러했다.

그래도 한결 편해진 표정.

「드디어 아이들을 돌볼 수 있겠어. 이제 숲을 다시 가꾸고, 잡것들이 세계에 손을 뻗지 못하게 만들 수도 있겠네.」

"예, 예, 감사하십시오."

되도록 많이.

지금 당장도 그렇고, 앞으로도 받아 낼 건 무궁무진하니까.

뭐, 여기서 또 쓸데없이 감사를 받으면서 시간을 보낼 생각은 없다.

바로 본론으로 넘어가자.

"그보다, 전 약속은 지켰으니 이제 세계수께서도 약속을 지킬 때죠."

「그래, 그거.」

그녀가 고개를 끄덕이며 말을 이었다.

「그런데 조금 생각해 봤는데, 아무래도 그걸로는 좀 수지가 맞지 않을 것 같구나.」

"……예?"

「난 입은 은혜에는 확실하게 보답하는 존재. 내게 맺히는 '정수'는 분명 귀한 물건이지만 내 생명보다 귀하진 않지.」

그녀가 눈을 빛내며 말했다.

「좀 더 귀한 것을 주마.」

정수보다 귀한 것.

솔깃했다.

솔직히 세계수에게 요청할 보상은 특정하기가 힘들었다.

그 몇 안 되는 것들 중 '정수'와 '겨우살이'는 비교적 잘 알려져 있었던 귀물이었고.

그런데 그 세계수가 자신할 정도의 보상이라…….

"더 귀한 거라 하심은."

「꽤 솔깃한가 보구나.」

"가능한 한 쓸 수 있는 것들은 많으면 많을수록 좋지요. 이래저래 제가 할 일이 좀 많은지라."

내 말에 세계수가 웃었다.

「네가 정수를 얻고자 하는 이유는 짐작하고 있단다. 네 서클을 늘리기 위함이겠지?」

"그렇습니다."

「내 정수에는 막대한 마나와 생명력이 들어 있으니, 서클을 만들기엔 최적일 터. 6서클이라면 가장 효율도 좋을 것이고.」

역시 정수의 본 주인답게 내 의도를 빠르게 파악한 세계수.

그녀는 재차 말을 이었다.

「하나, 단순한 정수만으로는 그저 서클을 늘리는 것 정도에 그치게 될 것이다. 그건…… 내 생명 값을 생각하면 조금 지나치게 싸지 않나 싶어.」

"세계수께서 그리 말씀하신다면야 저야 좋습니다만, 그렇다면 뭘 주시겠습니까."

「내 일부를 주마.」

"……예?"

그때였다.

얌전히 나와 세계수의 대화를 듣고 있던 세트가 갑자기 나오더니 소리치는 게 아닌가.

[유그, 너 설마……!]

「예, 맞아요. 언니. 이 아이에게 제 힘 일부를 넘길 거예요. 언니가 그러했듯.」

[무, 무, 무슨……!]

세트가 평정을 잃은 채 재차 시끄럽게 조잘댔다.

[네 '세계수'로서의 힘 일부를 넘긴다고? 그럼 이 세계의 질서와 균형은 어찌 유지하게? 안 그래도 간신히 그 역겨운 것에게서 풀려나서 자유를 찾았는데 왜 바로 스스로를 힘들게 만들겠다는 거야?]

「그거야…….」

세계수가 희미하게 웃었다.

「언니가 이 아이를 택한 이유와 같지 않을까요?」

[……으윽!]

그 말에 세트가 몸을 움찔거렸다. 그러더니 갑자기 얼굴을 붉히며 슬쩍 내 뒤로 숨었다.

"넌 또 왜 그래?"

[……아무것도 아니야.]

뭘 그리 쓸데없이 동요하는지.

어쨌건, 세계수가 내게 준다는 것에 대해 생각해 봤다.

'세계수의 힘 일부라.'

본래라면 의미가 없었을 터다.

회귀 전에도 마찬가지.

기본적으로 마법사란 마나 외의 다른 것을 담지 못한다.

그건 9서클에 오른 나라도 어쩔 수 없는 일이었다.

만약 회귀 전에도 신물의 주인이 되었다면 달랐을지도 모르지만.

'전부 그 새끼가 챙겼고.'

하지만 지금은 다르다.

그녀가 자신의 일부를 준다면 확실하게 내게 도움이 된다.

「이제 넌 마나뿐만이 아니라 다른 성질의 힘을 담는 것 또한 가능하잖니.」

"예, 그렇지요."

「그러니 받으란 이야기란다. 앞으로 네게는 수많은 일들이 있을 것이고, 마나만으로는 쉽지 않은 상황도 있을 터.」

그녀의 말은 타당했다.

세계수의 힘.

신물과는 다르겠지만, 가지고 있어서 손해 볼 것은 없다.

"좋지요. 주십시오."

「굉장히 결단이 빠르구나.」

"꾸물거려서 뭘 합니까. 때려잡을 놈들이 한가득인데."

어차피 겸양을 떨건 뭘 하건, 좋은 게 있으면 받을 건 아닌가.

쓸데없이 간을 봐 봤자 시간 낭비에 불과하다.

"감사히 받지요."

「그 참…… 시원시원하구나.」

세계수가 묘한 표정으로 날 쳐다보더니, 이내 자신의 긴 머리카락을 잘라냈다.

「자, 받으렴.」

"머리카락이라. 상징적이군요. 이제 먹으면 됩니까?"

「아니, 먹지는 말고.」

그녀는 짜게 식은 표정으로 날 쳐다보며 말했다.

「그걸 손목에 묶거라. 여긴 현실과는 다르니 그것만으로 내 힘이 네게 깃들 것이니.」

"흐음."

새로운 가능성.

지금 내 손에 들린 것은 바로 그것이었다.

회귀 후 지금까지, 내게 있어 가장 뚜렷한 변화를 꼽으라 한다면 바로 세계수라 할 수 있으리라.

'많은 것이 바뀌겠지.'

이제 이것으로 세상은 더욱 내가 모르는 형태로 변화하게 될 것이다.

세계수가 존재하는 한 세계에는 최소한의 억제력이 유지되게 된다.

그런 만큼 시간은 벌게 된 셈이지만, 아무래도 지금까지 숨 죽이고 있던 놈들이 나오겠지.

내가 아무 말도 하지 않고 가만히 있던 탓일까.

세계수가 물었다.

「아무래도 조금 거부감이 드는 거니? 이해는 한다만.」

"아뇨, 그건 아닙니다."

잡생각은 여기까지면 됐다.

예상치 못한 상황이 벌어진다면, 그에 맞게 계획을 수정하고 움직이면 그만이니.

난 곧바로 그녀의 머리카락을 손목에 묶었다.

"이제 뭘 하면 됩니까."

[마법사들이 하는 거 있잖아. 앉아서 정신 집중하는 거. 그걸 하면 알아서 합일될 거야.]

세트가 내 어깨 위에 내려앉은 채로 말했다.

[뭐, 그래도 결국 유그가 지닌 힘의 극히 일부니, 새로운

길을 개척한다는 것에 의미가 있는 거겠지만.]

난 조용히 눈을 감았다.

자율 순환식.

질릴 정도로 수없이 이어졌던 연례행사지만, 이번에는 평소와 다르다.

'세계수의 힘이라.'

과연 그게 어떤 식으로 변화하게 될 것인가.

그렇게 내부의 마나를 순환하던 때.

움찔.

손목에 매여 있던 세계수의 머리카락에서 반응이 왔다.

그것은 차츰차츰 손목을 타고 가슴 쪽으로 올라오더니, 심장 쪽에 자리를 잡기 시작했다.

그리고 천천히.

전신 곳곳에 있는 순환 지점으로 퍼져서는 마나와 균등하게 섞이기 시작하는 게 아닌가.

'호오.'

이런 식인가.

딱히 거부 반응은 없다.

세계수의 힘은 전신으로 퍼져, 무리한 행동으로 찢어진 상처를 치유하고 서클을 복구했다.

안락함이 몸을 채웠다.

하지만 여기서 안주해서는 안 된다는 것 정도는 나 자신이 가장 잘 안다.
6서클.
향후 계획을 위해서라도 이번 기회에 그 단계에는 도달해야 한다.
특히 세계수의 힘은 정수보다도 더욱 값진 것.
단순히 새로운 성질의 힘이 추가되는 정도가 아니다. 다음 단계에 들어서야만 한다.
곧바로 마나와 세계수의 힘을 이용해 여섯 개째의 고리를 맺고자 했다.
이미 한번 가 본 길.
결코 어렵지 않다.
다른 점이 있다면, 과거와는 다르게 강제로 서클 맺을 시기를 앞당긴다는 점 정도가 다르겠지만…….
'그 정도 오차야 충분히 감당할 수 있지.'
한순간, 전신에서 순환하던 마나들이 빠르게 회전하기 시작했다.
마나는 육체의 균형조차 무너뜨릴 기세로 점점 순환하는 속도를 높여 갔다.
본래라면, 그대로 내부가 파열하고 걸레짝이 돼도 이상하지 않을 정도의 속도.
하지만 세계수의 힘이 그보다 빠르게 내부를 회복시킨다.
동시에 이어지는 격통 또한 크게 완화시켰다.

여섯 번째의 고리.

천천히 생성되던 여섯 개째의 고리가 기존의 서클에 융화되기 시작했다.

'지금.'

그 순간, 서클을 융화하는 속도를 일시적으로 높였다.

쿵!

강력한 충격이 몸을 뒤흔들었다.

하지만 입을 악문 채, 신음을 막아 낸다.

얼마나 그 과정을 반복했을까.

주변의 목소리도 들리지 않고, 온전한 나 자신의 세계 속.

'좋군.'

난 예전부터 번잡한 건 그리 좋아하지 않았다.

간만에 찾아온 안식 속에서 나 자신에게 집중했다.

6서클이라.

이렇게 정성을 들여야 도달할 수 있는 경지라는 생각은 하지 않았었는데.

계속해서 빠져들었다.

나 자신을 관조하며, 언제부턴가는 그저 생각만 할뿐.

재밌다.

과연 이게 온전히 6서클에만 한하는 생각이며 고찰일 것인가. 아니, 그건 아닐 것이다.

전부 이어진 것이 아닌가.

하나하나 떼어진 것도 아니고.

6서클에 도달하는 과정 역시 완전히 같을 수는 없는 법이다.

생각에 생각이 꼬리를 물고.

그렇게 시간이 지났다.

그리고…….

"하."

눈을 뜬 뒤, 난 한 가지 사실을 직감할 수 있었다.

"한 단계 올라섰군."

여섯 개의 고리가 느껴졌다.

세계수와의 대화를 끝낸 뒤, 난 엘프들의 도시로 복귀했다.

복귀하자마자 보이는 건, 너도 나도 할 것 없이 기뻐하는 엘프들의 모습.

"와아!"

"이게 인생이지!"

평소의 조용하고, 차분한 모습은 어디로 갔는지 그들은 다양한 방식으로 기쁨을 표했다.

"……허."

당연히 다른 존재도 아니고, 세계수가 돌아왔기에 기뻐할 줄은 알고 있었지만…….

"난 살아 있다, 이 닝기미시부랄 것들아아아아!"

"축하의 폭발 화살 32연발 난사아아아아아아!"

"음."

미쳐 날뛰는 엘프들을 보며 난 조용히 고개를 끄덕였다.

생각보다 숨기고 있는 광기가 많은 종족이구만. 이것 참.

이것도 처음 보는 풍경.

하지만 나 또한 꽤 들뜨는 건 어쩔 수 없는 일이었다.

그런데 그때, 한창 기쁨을 표하고 있던 엘프들의 시선이 내 쪽으로 향했다.

"대행자님이다!"

"대행자님이 오셨다!"

그들은 들뜬 표정 그대로 내 쪽으로 몰려와서는 갑자기 내 몸을 잡더니 그대로 위로 띄우기 시작했다.

"대행자님 만세!"

"세계수여 영원하라!"

"……."

이런 것까지 생각하진 않았는데…… 어쩌면, 회귀 전 내가 알았던 엘프들과 현 시점의 엘프는 조금 다를지도 모르겠다.

'하긴 그때의 엘프들은 이미 크게 상처를 입은 뒤였으니.'

빼앗기고, 유린당하고.

자긍심조차 잃은 채 날이 갈수록 시들어 가는 종족들.

하지만 이제는 다르다.

엘프들은 세계수를 잃지 않았다. 그들의 자긍심은 여전하며, 그들의 터전 또한 멀쩡했다.

가능성이 있다는 것.

그게 얼마나 대단한 일인지는 참담한 현실을 겪어 본 자만이 알 수 있다.

그렇기에 얌전히 엘프들의 기쁨에 어울리기로 했다.

그렇게 다섯 번 정도를 더 공중에 띄워진 후에서야 엘프들에게서 해방될 수 있었다.

주변을 둘러봤다.

서투른 축제.

갑작스럽게 벌어진 경사 앞에서 그들은 최선을 다해 춤을 추고 웃으며 기쁨을 나누었다.

"흐음……."

그렇게 그들을 지켜보며 얼마나 있었을까.

"어떻습니까, 대행자님."

"요정왕 아니십니까."

요정왕이 내 쪽으로 다가왔다.

그 역시도 한결 밝은 표정인 데다가 가슴을 편 채였다.

"후후, 대행자께서는 생각보다 침착하시군요. 하긴, 괜히 그분께서 대행자로 삼았던 것이 아니겠지요."

"뭘 그리 새삼스레."

난 그렇게 피식 웃고는 엘프들의 축제로 눈을 돌렸다.

난 왕에게 물었다.

"어깨는 가벼워지셨습니까."

"가벼워졌지요. 후후, 마치 전신에 차고 있던 쇳덩이를 푼 것만 같이 가볍습니다."

"이게 끝은 아닙니다. 세계수는 해방되었으나, 많은 적들이 그녀를 노릴 테지요."

"알고 있습니다."

"지금껏 엘프들의 짐은 무거웠습니다. 그리고 해방됐지요. 하나, 결코 그것으로 끝은 아닐 겁니다. 앞으로는 새로운 짐이 여러분께 올 것이니."

마신의 종복.

제 잔재가 맡은 바 임무를 수행하지 못하고 소멸했음은 느꼈을 것이다.

세계 곳곳에 숨어 있는 대악마들은 계획을 바꾸고 다른 움직임을 보이겠지.

내가 그것들을 빠짐없이 전부 예측하고 해결할 수 있다는 것은 오만에 불과하다.

"저희들이 무얼 해야 합니까."

"세계수를 지켜야지요. 과거에도 그러했고 지금도 그러

했듯."

물론 그런 원론적인 이야기를 할 생각은 아니다.

"지하드 왕자는 재능이 있습니다. 그에게 가르침을 주고, 정령과의 만남을 주선하시지요. 왕자는 그들의 왕과 계약을 맺을 잠재력이 있으니."

"……정령왕 말입니까?"

"예, 세계수가 부활한 이상 정령들과의 연결 또한 더욱 쉬워졌을 터. 불가능한 일은 아닐 것입니다."

확신한다.

지하드는 계약을 맺을 것이다.

회귀 전의 그가 그러했듯.

"……정말, 제 아들을 높게 평가하시는군요."

"그 정도의 재능이 있으니 말입니다."

내 말에 요정왕이 웃었다.

하긴, 아들의 칭찬을 듣고 기뻐하지 않을 아버지가 어디에 있겠는가.

나와 요정왕은 한동안 그렇게 축제를 구경했다.

- 아버지는 정말로 좋은 분이셨습니다.

회귀 전, 지하드는 틈만 나면 그런 말을 하고는 했다.

'맞는 말이군.'

현 요정왕은 훌륭한 엘프였다.

정말, 살리길 잘했다.

그런데 그때였다.

"대행자님, 죄송하지만 한번 실례해도 되겠습니까?"

"……음?"

난 고개를 끄덕였다.

요정왕 정도 되는 사람이 괜한 행동을 할 리는 없으니.

왕이 앞으로 나섰다.

"모두들, 들으라."

근엄한 목소리로 축제의 분위기를 해치지는 않은 채, 그는 엘프들의 주목을 이끌어 냈다.

"세계수께서 부활하셨다. 우리는 오랜 어둠을 걷어 냈고 다시금 자긍심을 찾았지."

"세계수께 영광을!"

엘프들이 환호했다.

그 환호 속에서 왕은 웃었다.

환호가 잦아들었을 즈음, 그는 다시 말을 이었다.

"하나, 이 모든 것은 우리의 공이 아니다. 세계수께서 자신의 대행자를 보내셨고, 우리는 그분께 구원을 받았으니."

그 말과 함께 왕은 내게 고개를 돌렸다.

아, 실례라는 게 이런 거였나.

"우리에게는 대행자가 함께 하셨다. 하나, 우리로서도 받기만 할 수는 없는 노릇 아닌가."

왕은 모두의 앞에서 선언했다.

"우리 역시도 대행자와 함께 해야 한다. 받은 만큼, 우리 역시도 도움이 될 것이다!"

정적 속에서 왕이 소리쳤다.

"그렇기에, 여기서 선언하겠다. 우리는 대행자, '미하일 발푸르기스'의 아군으로서 지금부터 숲에 갇혀 있지 않으리라!"

다음 날, 우리는 곧바로 갈 채비를 마쳤다.

세계수를 구한다는 목적도 이뤘으니, 굳이 더 있을 필요는 없었다.

"감사드립니다, 대행자님."

지하드는 그리 말하며 내게 활짝 웃었다.

"지금은 세계수님을 돌봐야 하기에 함께할 수 없지만, 언젠가 대행자님의 일을 돕고 싶군요."

"곧 그렇게 될 걸?"

뭐, 그때까지는 부지런히 세계수를 돌봐야 하겠지만.

지하드는 크게 성장한다.

그것만큼은 확신할 수 있다.

분명 좋은 전력이 될 것이다.

"물론 그러기 위해서는 못해도 정령왕 정도는 계약에 성공해야 하겠지만.”

“정령왕이라…….”

지하드는 곧바로 말했다.

“한번 해 보지요.”

“물론 궁술도 지금보다도 훨씬 늘어야 할 거고. 잔재를 꿰뚫은 건 나쁘지 않았지만, 아직 숙련도는 부족해 보이던데.”

“그것도 해 보겠습니다.”

지하드는 맑게 웃었다.

“대행자께서 바라신다면 마땅히 그리해야지요.”

“흐음.”

심드렁한 표정을 지으면서도, 난 지하드가 그리 성장할 것임을 알았다.

그렇기에 결국 피식 웃었다.

“그럼 어디 열심히 해 봐.”

“예, 그리하겠습니다.”

지하드가 눈을 빛냈다.

회귀 전, 이따금씩 울적해 보였던 모습과는 전혀 달랐기에 그 모습만으로도 기꺼웠다.

그런데 그때였다.

“대행자님께서는 용사가 되실 생각이십니까.”

조심스레, 지하드가 물었다.

“일단 그럴 생각인데.”

"어울린다고 생각합니다. 용사란 구하는 쪽이니까요."

자신들을 구한 나야말로 용사에 어울린다고.

지하드는 그렇게 말했다.

"다만 교국에 가신다면 조심하시는 것이 좋을 겁니다."

"조심하는 게 좋다는 건."

"교국 전부가 그런 것은 아니지만, 그들은 한때 거짓된 예언으로 세상을 전장으로 만들었지요. 저희 엘프들 또한 그로 인해 요정의 숲에 스스로를 가두게 되었고요."

예언 전쟁.

당연히 알고 있다.

한때 교국은 예언을 무기로 휘둘렀고 그로 인해 모두의 믿음을 잃었으니.

예언은 힘을 잃었고.

인류는 뭉치지 않게 되었다.

'어떻게 보면, 그 전쟁으로 인해 모든 게 어그러졌다고 봐도 될 터…….'

신의 뜻을 인간이 악용하는 경우, 얼마나 세상이 망가질 수 있는지에 대한 대표적 사례.

"대행자님이라면 그들에게 휘둘릴 리는 없겠지요. 하나, 경계는 하는 것이 옳습니다."

"흐음."

사실 지하드의 걱정은 옳았다.

실제로 교국은 용사를 자신들의 말처럼 쓰려 했으니.

'아, 시발, 또 생각나네.'

회귀 전, 그 늙은이들과 그것 때문에 벌였던 신경전.

교국의 뜻이 옳다며 지랄 똥을 싸던 그 새끼와 어떻게든 늙은이들 생각대로는 안 되려고 뛰어다녔던 나…….

나태한 어린 시절의 대가는 생각 이상으로 컸고, 그 늙은이들이 무시할 수 없는 자가 되기 위해 온갖 수를 다 썼었지.

다시 생각해도 정말 치가 떨린다.

"그거라면 괜찮아."

난 지하드의 걱정을 일축했다.

"교국의 능구렁이들이 얼마나 고집이 센지 정도는 잘 알고 있으니까."

"그렇다면 다행입니다."

그는 고개를 끄덕였다.

"아무리 그들이라도 대행자님을 상대로 간교한 짓이 통할 것 같지도 않고 말이지요."

"꽤 나에 대한 평가가 높네?"

"저희를 구하지 않았습니까."

지하드는 웃으며 말했다.

"오랫동안 세계수님을 괴롭혔던 괴물 또한 퇴치하셨지요. 저희가 대행자님께 입은 은혜는 둘째 치고서라도, 대행자님의 능력에 대한 믿음은 확고합니다."

그렇게 말하는 지하드의 눈은 날 향한 믿음으로 가득 차 있었다.

회귀 전과는 같으면서도 다르다.

"솔직히 말하자면, 제가 대행자님께서 그렇게 해 주신 것들을 지킬 수 있을지…… 조금, 의문이 들긴 합니다만."

"괜찮아. 잘 할 거다."

그래, 너라면 잘 하겠지.

내 말에 그가 쓴웃음을 흘렸다.

"그러길 바랍니다만…… 책임이 막중한 만큼 아무래도 아예 마음이 가볍진 않네요."

"내가 했던 말 기억하나?"

내 말에 지하드가 고개를 갸웃거리며 물었다.

"했던 말이라면……."

"땅 파지 말라고."

참으로 간단한 이야기.

하지만 한두 번 가지고는 제대로 닿지 않을 것이 뻔했으니, 한 번 더 말하기로 했다.

"책임을 너 혼자 질 필요는 없다는 거다. 어차피 너 혼자 뭘 한다고 해서 크게 달라질 일도 없어. 이번 기회로 조금은 알게 되었을지도 모르겠다만."

"……."

지하드의 고질병.

그는 혼자서 제 과거에 갇혀서 끝내 헤어 나오지 못했다.

수많은 사람들을 구원했고.

끊임없이 움직였지만 과연 그 자신이 구원되었냐 하면.

'그건 또 아니었지.'

아무것도 해결되지 않은 채, 우리는 끝을 맞이했다.

물론, 이 용사를 필두로 한 원정대, 이고르에서 어딘가 망가진 구석이 있던 건 지하드뿐만은 아니기는 했지만.

어쨌건 아쉬운 건 아쉬운 것.

이렇게 과거로 돌아온 이상, 그 아쉬운 것들은 확실하게 해소하고 싶다.

"……확실히."

"네가 한 번에 바뀔 수 있을 거란 생각은 안 한다. 하지만 늘 생각 정도는 하라고."

물론 굳이 내가 뭐라 하지 않아도, 세계수가 지하드를 좋은 쪽으로 이끌 것이다.

그녀는 현명하며, 지금까지 엘프들을 보호해 온 자애로운 어머니기도 하니까.

"예, 그러겠습니다."

내 말에 지하드는 스스로에게 약속하듯 말했다.

"몇 번이고, 대행자께서 하신 말씀을 마음속으로 되새기도록 하겠습니다."

"……."

그가 했던 말이 떠올랐다.

- 제가 어찌 잊겠습니까.

마지막의, 마지막까지 몰린 이후에도 어떻게든 자신 혼자 감당하겠다고 난리를 쳤었다.

넌 정의로웠지만.

보는 쪽에서는 괴로웠다.

보는 것이 그리 괴로울 수 있다는 것을 깨닫게 해 준 녀석이었다.

하하.

넌 과연 알까.

내가 네 입에서 그 무엇보다 듣고 싶었던 게 그것이었음을.

지금의 넌 모르겠지만.

난 모두가 행복하길 바랐다.

함께하는 모두가 자신들의 노력과 희생에 보답을 받길 바랐다.

하지만 현실은 생각처럼 녹록치 않았지.

부서지고, 무너져서…….

언제인가 뒤를 돌아보니 아무것도 남아 있지 않았다.

이미 지나간 미래를 뒤로하고 난 현재를 보았다.

확실히 지금의 그는 달랐다.

"그래, 그거면 된 거야."

성장하리라.

본바탕이 올곧으니, 올바른 방향으로 알아서 나아갈 것이다.

누가 뭐래도 그는 나와 함께 세계를 구하기 위해 힘썼던 동료가 아니었던가.

그런 생각을 담아 말했다.

"네 미래에 축복을 기원하지."

"저 역시 대행자께 세계수의 축복이 있길 기원하겠습니다."

나와 지하드는 서로를 마주 보며 아주 잠깐 웃었다.

잠깐의 이별.

하나 다시 만나게 될 것이다.

회귀 전 그러했듯.

다시 교국을 향한 여정이 시작되었다. 여정이라고 해도, 사흘도 걸리지 않을 거리지만.

……뭐, 하여간.

"대충 할 일은 끝냈군."

"대충……?"

내 말을 듣던 헬렌이 어처구니없다는 목소리로 말했다.

"세계수를 구하고 마신의 잔재를 소멸시킨 건 아무리 생각해도 대충 정도가 아닌데."

"아니, 대충 맞아."

앞으로는 그보다도 더한 것들이 많을 것이다.

마신이라고는 해도 고작 잔재에 불과하다.

세계수는 한 가지 수단을 숨기고 있었고, 난 그 수단을 놓치지 않았을 뿐…….

'반대로 말하자면, 회귀 전에는 고작 그 수단 하나를 못 찾아서 그 꼴이 났다는 거지.'

정말 웃기지도 않는다.

세계수와 단 한 번이라도 대화를 나눌 수 있었다면, '추도문'이라는 존재를 알았다면.

많은 게 달라졌을지도.

지금 와서 생각해 봤자 아무 의미 없는 일이기는 하지만.

"이번은 세계수 덕에 가능했던 일. 그녀의 힘이 없었다면 잔재를 그렇게 말끔히 소멸시키는 건 불가능했을 거다."

"난 검 한 번 댈 생각도 못했다만. 빌어먹을."

리안이 머리를 벅벅 긁으며 대화에 끼어들었다.

난 그런 녀석이 어처구니없어서 잔소리를 던졌다.

"아직 걸음마도 못 뗀 놈이 뭔 벌써 날려고 하고 있어.

그거 되게 주제 넘는 말이다."

"그건……."

"네가 상대한 건 일반적인 힘으로는 상대도 할 수 없는 존재다. 당연히 검 한 번 맞댈 수도 없지. 정면 승부로는 마스터조차 승부를 장담 못하는데."

"……넌 했잖아."

리안이 날 노려보며 다시 한번 말했다.

"넌 그걸 소멸시켰잖아."

"그거야 난 그놈을 소멸시키기 위해 준비를 해 둬서 그런 거고. 그거 하려고 온갖 수단 다 동원하고, 피 토해 가면서 발악한 거거든?"

"아니, 그래도, 시발, 인간적으로 성장 속도 차이가……."

"그거야 내가 너보다 재능이 더 뛰어나니 그런 거고요."

"시발."

리안이 저잠하게 일그러진 얼굴로 툴툴댔다.

하지만 뭐 어쩌라는 건가.

꼬우면 너도 어디 10서클 맛 봐서 회귀하던가.

'물론 저놈도 검술에 있어서는 몇 백 년에 한번 나올까 말까 하는 천재기는 하다만.'

나와는 시작점이 다르지.

그때, 갑자기 헬렌이 말했다.

"솔직히 말하자면, 난 당신 정체가 뭔지 슬슬 진지하게 궁금해지기 시작했어."

"발푸르기스의 외동아들."

"그런 걸 묻는 게 아니잖아."

그녀는 작게 한숨을 쉬고는 잠시 카산드라 쪽을 보았다.

하지만 카산드라는 그저 아무 일도 없다는 듯 태연하게 주변의 풍경을 구경할 뿐.

"세계수라든가. 마신이라든가. 까놓고 말해서, 신화 속의 존재들이다. 당연히 일반적으로 그들을 상대한다는 건 불가능에 가까운 일이고."

[이상한 일이긴 하지.]

세트가 피식 웃으며 말했다.

[나 역시도 널 하프 블러드라 의심하지 않았니. 내가 그런데 인간들은 오죽할까.]

그건 그렇지.

발푸르기스의 피는 특별하지만 모든 걸 그것만으로 설명할 수는 없는 법.

"저도 궁금하네요."

슬쩍 집사가 끼어들었다.

"솔직히 말씀드리자면, 여태껏 도련님을 가까이 모신 저 역시 뭐라고 해야 할까……. 정말 제가 모셨던 도련님이 맞기는 한지 헷갈릴 때가 있단 말이죠?"

"또또, 개소리 한다."

"개소리라니요! 제가 아는 상냥한 도련님이라면 절 엘프 감옥에 넣어 두고 방치하지 않으셨을 겁니다. 예."

"……."

참으로 뒤끝이 긴 집사였다.

"하긴 옛날이었다면 밥도 안 줬겠지. 그립네, 옛날."

"아주 한마디를 안 지시려고."

집사가 영 마음에 들지 않는다는 듯 툴툴댔지만 뭐 어쩌겠는가. 내 쪽이 갑인 것을.

하지만 말은 해 둬야겠지.

언제까지 이런 의심을 받으며 있을 수는 없으니.

서로 간에 신뢰해도 모자랄 판인데.

"하긴 말할 때가 됐지."

[호오.]

모두의 눈이 내 쪽으로 집중됐고, 세트 또한 흥미로운 눈으로 내 대답을 기다렸다.

난 천천히 입을 열었다.

"난 신의 목소리가 들린다."

"개소리네."

"개소리군."

"개소리네요."

카산드라를 제외한 셋이 동시에 말했다. 그러고는 아무런 감흥도 없다는 듯 고개를 돌린다.

"안 믿네."

"당연하지. 성녀조차 계시를 듣지 못하게 된 시대에, 하필 네가 계시를 들었다고?"

리안이 웃기지도 않는 말을 들었다는 코웃음을 쳤다.

다른 자도 아니고 마법사.

믿지 않는 게 당연했다.

음, 뭐 사실 거짓말이라 할 말은 없는데.

하지만.

"그럼 반대로 묻지. 내가 지금까지 일으킨 일들이 어디 평범한 것들인가?"

"어, 그, 그건……."

리안은 말끝을 흐릴 뿐 아무런 대답도 하지 못했다.

리안뿐만이 아니라, 성기사인 헬렌 또한 마찬가지.

유일하게 집사가 반문해 왔다.

"흠, 그러니까…… 도련님께서 어느 날, 정말 갑작스레 신의 계시를 받았다 이 말입니까?"

"뭐, 대충 그렇지."

내 말에 셋이 영 믿을 수 없다는 표정으로 날 봤다.

하지만 딱히 반박할 말도 생각이 나지 않는지 더 말하지도 않는다.

[……그래, 틀린 말은 아니지.]

세트는 피식 웃으며 흥미를 잃었다는 듯 신물로 들어갔다.

그런데 그때.

"어떤 계시였나요?"

카산드라가 물었다.

그녀는 고요한 눈으로 날 응시한 채 대답을 기다렸다.

헬렌이 그녀를 보며 물었다.

"……카사, 이걸 믿는 거야?"

"전 미하일 님을 전적으로 신용하기로 했어요. 믿지 않을 이유는 어디에도 없지요."

정말로 카산드라가 내 말을 믿는 건지, 아니면 그런 시늉을 하는 건지는 모르겠지만…….

대답하지 않을 이유는 없지.

"엿 먹으라던데."

"……예?"

그녀가 눈을 동그랗게 떴다.

"신성교국 엿 먹으라고."

"그게 무슨……."

물론 아무 생각 없이 이런 말을 하는 것은 아니다.

난 그녀를 똑바로 쳐다보며 물었다.

"카산드라, 네가 보기에 현재의 신성교국은 올바른가?"

"……!"

그녀의 눈동자가 흔들렸다.

그녀뿐만이 아니라 헬렌 또한 마찬가지로 명백히 동요하는 모습이 보였다.

"고이면 썩기 마련이지. 그리고 안타깝게도 현재의 신성교국은 지나치게 고여 있어."

"그건……."

"그러니까 말하는 거다. 신의 이름으로 가로되……."

저 멀리, 교국이 있을 방향을 향해 중지를 들어 올리며.

"신성교국, 엿 먹으라."

"……틀린 말은 아니군."

가만히 듣고 있던 헬렌이 쓴웃음을 흘리며 말했다.

"실제로 고여 있지. 썩지 않기 위해서라면 흘러야 하는데 그러지 못하고 있어."

"헬렌 경."

"당신에게 정말로 신께서 임하셨는지 뭐 그건 모르겠지만, 엿 먹으라는 말만큼은 동의한다."

그녀는 날 쳐다봤다.

"그래서 어떻게 엿 먹이려고?"

"어떻게 엿 먹이긴."

난 히죽 웃으며 말했다.

"교국의 늙은 괴물들이 제일 싫어하는 걸 하면 되는 거지."

"싫어하는 거라면……."

"판을 깨는 거."
지금 교국의 늙은 괴물들이 전부 짜 놨을 판.
난 그것들을 부술 것이다.

(회귀로 초월하는 대마도사 3권에서 계속)